NIKA LUBITSCH

Sie wäre jetzt 17

PSYCHOTHRILLER

Nika Lubitsch, Lindenthaler Allee 36, 14163 Berlin
Telefon-Nr. 030/770 59 774
Mail: info@nikalubitsch.de

Webseite: www.nikalubitsch.de
Facebook: www.facebook.com/NikaLubitsch

Lektorat: Regine Weisbrod, www.lektorat-weisbrod.de
Korrektorat & Satz: Corinna Rindlisbacher, www.ebokks.de
Coverdesign: Catrin Sommer, www.rausch-gold.com
Coverfoto: Adobe Stock #215506096

Im Gedenken an
Michelle Casey
† 19.05.2019

Berlin-Zehlendorf

Marlene stand vor der Zehlendorfer Villa und betrachtete kritisch das gelbe Haus mit der grünen Eingangstür. Seit Monaten war sie nicht mehr hier gewesen. Die „Geistervilla“, wie das Haus von den Medien genannt wurde, stand seit Jahren leer. Eigentlich war die klassische Jugendstilvilla ein Prachtstück, mit Treppe zum Hochparterre und einem Erker neben dem Eingang.

Ein kinderloses Ehepaar hatte dem Bezirk das als Kulturdenkmal verzeichnete Haus vererbt, mit der Auflage, dort eine soziale Einrichtung unterzubringen. Jeder Vermietungsversuch der Bezirksverwaltung war jedoch gescheitert, so dass die Immobilie schließlich auf Marlenes Tisch bei der Senatsverwaltung für Finanzen gelandet war.

Ein haarsträubender Vorgang, wie Marlene fand, ein typischer Berliner Skandal, wie die Medien nicht müde wurden zu schreiben. Aber es änderte nichts an der Tatsache, dass das Haus stark renovierungsbedürftig war und Marlene immer noch keine Ahnung hatte, aus welchem Topf sie die aufwendige Sanierung bezahlen sollte, der Bezirk selbst hatte das Objekt aus Geldmangel an die Senatsverwaltung verschoben.

Als sie den Mann mit dem Fahrradhelm und den Fahrradklammern in den grauen Hosen anradeln sah, wusste sie sofort, dass das nur der Beamte vom Bauamt sein konnte. Und richtig, der Mann stieg grußlos von seinem Fahrrad ab, kettete es gründlich an der Straßenlaterne an, befreite sich von Helm und Klammern. Dann zog er aus seiner Fahrradtasche einen Aktenordner, fuhr sich übers schüttere, dunkelblonde Haar und trat auf Marlene zu. „Frau Schwarz?“, fragte er. Sie streckte ihm die Hand entgegen. Er wischte sich die rechte Hand am Hosenbein ab. „Freisang, Bauaufsicht Steglitz-Zehlendorf“, stellte er sich mit schlaffem Händedruck vor. Es war offensichtlich, dass dieser Kollege nicht für Smalltalk zu haben war.

„Dann wollen wir mal, Herr Freisang.“ Marlene öffnete das verschlossene Gartentor, nachdem sie mehrere Schlüssel an einem dicken Schlüsselbund ausprobiert hatte.

Als sie endlich auch die Haustür geöffnet hatte, was sich als schwieriger erwies als erwartet – sie hatte sich wohl ein wenig verzogen –, schlug ihnen ein ekliger Geruch entgegen.

„Puh, das stinkt hier aber“, sagte sie.

„Tote Ratte“, sagte Freisang.

„Wo fangen wir an?“ Der Gedanke an tote Ratten und all das, was man außerdem in diesem Spukschloss womöglich finden könnte, bereitete Marlene eine leichte Gänsehaut. Vielleicht lag es aber auch an dem Temperaturunterschied. Draußen war es warm und sonnig gewesen, hier drinnen war es dunkel, kühl und feucht.

„Am besten von Grund auf, ich würde gern im Keller anfangen.“

Freisang sollte sich die durch den langen Leerstand entstandenen Baumängel ansehen und eine Aufstellung über den tatsächlichen Sanierungsbedarf geben. Auf den ersten Blick machten die Räume einen zwar verlassenen und verwohnten, aber keinen schlechten Eindruck. Bis auf den Wasserschaden, den man zwar noch nicht sah, aber roch.

„Na dann, Keller", sagte sie und führte Freisang zum Kellereingang, in dem ein langer, alter Eisenschlüssel steckte.

Freisang ging wortlos voran. Himmel, dachte Marlene, der hat vielleicht einen Stock verschluckt.

Hier unten roch es noch schlimmer. Marlene hatte Angst vor Kellern, was sie natürlich niemals zugeben würde. Sie hasste diesen Geruch von alter Kohle, Moder und Schimmel, aber noch mehr fürchtete sie sich vor Mäusen, Ratten und vor allem vor den Spinnen, die vorzugsweise in dunklen Kellern ihre Eier abzulegen schienen. Ihr eigener Kellerverschlag beherbergte nur eine einzige Kiste: die mit der Weihnachtsdekoration.

Die Kellerräume waren leer, nur die roh verputzten Wände trugen die Spuren eines langen Daseins. Überall auf dem Boden lagen verwelkte Blätter, die von einem leichten Luftzug hochgewirbelt wurden. Wo kommt der Luftzug her?, fragte sie sich. „Hier muss irgendwo ein Fenster geöffnet sein", sagte sie.

Freisang ging voran, dem Luftzug entgegen. „Welcher Idiot hat das denn offen gelassen", hörte Marlene den Bausachverständigen vor sich hinmurmeln. Er schloss das Fenster, das nur angelehnt gewesen war.

Marlene fragte sich das Gleiche, aber sie war trotzdem froh, dass der Luftzug den beißenden Geruch des Kellers ein wenig neutralisiert hatte.

Es gab noch eine geschlossene Tür, der Schlüssel steckte von außen. „Das ist wohl der Heizungskeller", sagte Freisang. „Nachträglich eingebaut." Er öffnete die schwere Eisentür.

Ein Schwall unerträglichen Gestanks traf Marlene wie ein Keulenschlag. Freisang war instinktiv zurückgewichen und hatte die Tür geschlossen.

„Boah!", stöhnte er.

„Was war das denn?", rief sie.

„Zumindest keine verwesende Ratte. Machen Sie mal bitte wieder das Fenster auf, ich schaue nach."

Dankbar ging Marlene zu dem kleinen Fenster und schnappte sich eine Ladung Sauerstoff. Freisang hielt sich ein gebügeltes, graues Taschentuch vor den Mund und öffnete erneut die schwere Eisentür, die hinter ihm ins Schloss fiel. Marlene blieb vorsichtshalber am Fenster stehen.

Freisangs Schrei wurde durch das dicke Eisen gedämpft. Marlene rannte zu der Feuerschutztür und öffnete sie. Freisang stolperte würgend hinaus und übergab sich direkt neben Marlene.

Als er wieder zu Atem kam, presste er hervor: „Eine Leiche, da drinnen liegt ein verwestes Mädchen", bevor er zum zweiten Mal erbrach.

Kurklinik am Chiemsee

Was für ein Bild: weiße Segel auf dunkelblauem Wasser – weiße Schleierwolken am hellblauen Himmel. Seit Stunden liege ich auf dem Balkon, aber die grandiose Aussicht, die man von hier oben hat, habe ich eben erst bewusst wahrgenommen. Es ist egal, ob ich eine Wand anstarre oder den Chiemsee – ich starre ins Leere. Auch die Voralpen, die sich gegenüber ans Ufer schmiegen, interessieren mich nicht.

Ein Blick auf die Uhr sagt mir, dass es bald Zeit für meine Therapiesitzung ist. Die Einzeltherapie bei Dr. Hanna Donath nehme ich in Anspruch, während ich die sogenannten Indikativgruppensitzungen schwänze. Ich solle doch unbedingt, rät die Donath. „Frau Martens, das kann Ihnen helfen", hat sie gesagt. „Die Gruppentherapien bieten Raum für gestalterische Prozesse und neue Beziehungserfahrungen."

Mein trockenes Lachen hat sie irritiert. Neue Beziehungserfahrungen sind das Letzte, was ich brauche. „Ich kann Sie einer persönlichen Gruppe zuordnen, die auf Ihr Krankheitsbild ausgerichtet ist."

„Nein", habe ich gesagt. „Das können Sie sicher nicht."

Ich habe erst eine Sitzung bei ihr gehabt, noch kennt sie nicht den Grund, weshalb ich in dieser Klinik gelandet bin.

„Aber", hat sie insistiert, „dadurch erhalten Sie die Möglichkeit, Ihre Gefühle auszusprechen und mit anderen Patienten zu teilen, die vielleicht vergleichbare Erfahrungen gemacht haben oder ähnliche Erlebnisse hatten."

„Frau Dr. Donath", habe ich gesagt, „Sie können sicher sein, dass niemand in dieser Klinik vergleichbare Erfahrungen gemacht hat."

Die Psychologin hat ihr Lächeln nur schlecht verborgen. Warte nur ab, dachte ich, dir wird deine professionelle Überheblichkeit noch vergehen. So, wie sie mir vergangen ist. Bis zu den „Ereignissen", wie ich die grausamen Geschehnisse in Gedanken nenne, war ich noch der festen Überzeugung gewesen, jede wie auch immer geartete Krise bewältigen zu können. Das ist nämlich mein Beruf. Ich berate Firmen und Politiker in Krisensituationen, und ich bin ziemlich gut darin.

„Der Schuster hat immer den schlechtesten Leisten", war eine der Lebensweisheiten, die meine Mutter mir mit auf den Weg gegeben hat. Ich habe schon so manchem den Arsch gerettet, jetzt ist es an der Zeit, mich um mein eigenes Hinterteil zu kümmern. Deshalb bin ich hier in dieser sündhaft teuren Kurklinik am Chiemsee gelandet.

Ich erhebe besagtes Hinterteil aus dem Liegestuhl und gehe in das luxuriös ausgestattete Schlafzimmer, um mich umzuziehen. Leggings und T-Shirt reichen für Frau Dr. Hanna Donath. Ich zucke zusammen, als ich in den Spiegel schaue: Meine blaugrauen Augen scheinen in tiefen Höhlen zu liegen, die Wangen sehen eingefallen aus und die Mundwinkel haben eine deutliche Tendenz nach unten. Ich greife mir einen Haargummi und nestle den herausgewachsenen Bob irgendwie zusammen. Die Frau, die mich aus dem Spiegel anschaut, hat wenig Ähnlichkeit mit der gepflegten Frau, die ich in Erinnerung habe.

Dr. Hanna Donath empfängt mich in ihrem kleinen Therapiezimmer, das wahrscheinlich bewusst keinen Blick auf den See gestattet. Man blickt durch das Fenster in die Krone einer alten Kastanie, Grün beruhigt. Wir sitzen einander gegenüber in relativ gemütlichen, grünen Ledersesseln. Zwischen uns befindet sich ein Tischchen, auf dem eine Karaffe mit Wasser und ein paar Kräutern – ich tippe auf Minze und Zitronenmelisse –, zwei Gläser und eine Packung Kleenex stehen.

„Wie fühlen Sie sich heute?“, fragt die Donath. Sie sieht nett aus, die halblangen, dunkelbraunen Haare hat sie so straff nach hinten gebürstet und in einen Pferdeschwanz gezwängt, dass ihr pausbäckiges Gesicht aussieht wie glatt gezurrt. Vielleicht hilft es ihr, ihre Mimik nicht entgleisen zu lassen, wenn ihre Patienten haarsträubende Dinge erzählen.

Ich werde sie langsam an die „Ereignisse“ heranführen. „Nicht immer mit der Tür ins Haus fallen“ war eine weitere Lebensweisheit meiner Mutter. Komisch, wie oft ich in letzter Zeit an meine Mutter denken muss. Sie ist vor knapp drei Jahren gestorben. Aber ihre Sprüche werden mich wohl den Rest meines Lebens begleiten.

„Es geht so", sage ich. Was stimmt. Es geht. Es geht weder gut noch schlecht. Eigentlich geht es gar nicht.

„Ich fühle nichts", sage ich.

Sie zieht die Augenbrauen hoch, was eine kleine Querfalte auf die Stirn zaubert. „Was meinen Sie mit nichts?", fragt sie und zupft ihre Jacke zurecht. Wie gut, dass sie keinen weißen Kittel trägt. Das würde ihrem Aussehen wahrscheinlich mehr Kompetenz verleihen, bei einem Fernsehinterview würde ich ihr definitiv zu einem weißen Kittel raten. Hier allerdings würde mich der Kittel irritieren. Denn ich bin nicht krank. Eigentlich bin ich – ich sage es laut: „Eigentlich bin ich tot." Der spontan gesagte Satz erstaunt sogar mich. Sie verbirgt ihr Erschrecken, aber ich sehe es in ihren Augen.

„Dafür sehen Sie aber ganz schön lebendig aus", sagt sie. „Was meinen Sie damit?"

„Von mir existiert nur noch eine Hülle. Ich stoffwechsle, also lebe ich? Nein. Das, was mein Leben ausgemacht hat, interessiert mich nicht mehr. Ich fühle nichts, und meistens denke ich sogar nichts."

„Sie haben aber eben gedacht, dass Sie eigentlich tot seien. Also denken Sie doch."

„Ich starre stundenlang die Wand an. Oder auf sonst was. Vorhin auf den See. Ich merke dabei nicht mal, wie die Zeit vergeht. Dabei denke ich nichts, wirklich und wahrhaft nichts. Niente, verstehen Sie?"

„Erzählen Sie mir, was Ihr Leben ausgemacht hat. Wenn es Sie schon nicht mehr interessiert, mich interessiert es."

„Mein Beruf", sage ich.

„Was machen Sie beruflich?“

„Ich habe eine PR-Agentur.“

„Public Relations, richtig? Was muss ich mir darunter vorstellen?“

Früher, denke ich, früher hätte ich Luft geholt und wäre erst eine Dreiviertelstunde später fertig gewesen mit der Erklärung all dessen, womit ich mein Geld verdiene.

„Ich berate Politiker und Vorstände in Krisensituationen“, sage ich, und es kommt mir plötzlich unwirklich vor.

„Das ist sicher sehr anstrengend.“

Ach, Frau Doktor, denke ich, nach einem Burnout brauchst du nicht zu suchen. Trotzdem nicke ich. Doch dann sage ich: „Wenn man das tut, was man gern tut, muss man nicht arbeiten.“ Schon wieder O-Ton Mutti.

„Sie lieben also Ihren Job, obwohl er anstrengend ist?“

„Ich habe für meine Firma gelebt“, sage ich, wobei ich das „habe“ extra betone. Und das stimmt. Ich habe meinen Job geliebt, jeder neue Auftrag war wie ein neues Leben.

„Sie haben Mitarbeiter?“

„Ja, natürlich, ich habe zwölf festangestellte Mitarbeiter.“

„Das ist aber auch nicht so ganz einfach?“, stellt die Donath in den Raum.

„Nein. Doch. Na ja. Das war meine Familie.“ Wieder betone ich das „war“. Das entgeht ihr nicht.

„Sie haben keine eigene Familie?“

In dem Moment schießen mir die Tränen in die Augen. Was soll das denn jetzt? Ich will mir ein Glas Kräuterwasser eingießen, um die Situation zu überspielen. Stattdessen greife ich nach den Kleenex-Tüchern. „Sorry“, sage ich und versuche, das Nass aus meinen Augen zu stoppen, indem ich das Tuch darauf drücke. Habe ich nicht eben erst vollmundig erklärt, dass ich nichts fühle? Die Donath muss mich für total durchgeknallt halten. Aber sie ist ganz offensichtlich auch nicht so schlecht in ihrem Job. Zumindest hat sie nicht sehr lange gebraucht, meinen Schutzwall zu durchbrechen.

Sie lässt mich mit dem Taschentuch in Ruhe hantieren, während sie uns beiden jeweils ein Glas Kräuterwasser eingießt.

„Sind Sie verheiratet?“, fragt sie.

Was soll ich dazu sagen? Das ist alles so kompliziert. „Ich habe zweimal geheiratet.“

Die Donath nickt. Mein Tränenstrom ist getrocknet. „Allergie“, sage ich, während ich das Taschentuch in meiner Hand zerkrümle. Die Donath nickt wieder.

„Was ist schiefgegangen?“, fragt sie.

„Alles“, sage ich. „Mein Leben.“

„Erzählen Sie doch einfach von Anfang an.“

„Sie meinen: Ich kam hin und klingelte?“

Sie lächelt. Ich bin mir nicht sicher, ob die Donath, an deren rollendem R man die gebürtige Bayerin erkennt, mit meiner Berliner Flapsigkeit klarkommt. Dieser bayerische Akzent hat so eine warme Ausstrahlung, die ich sehr mag. Und er passt zu ihren warmen, braunen Augen. Im Gegensatz zu mir hat die Donath zwei, drei Kilo zu viel auf den Rippen, während ich mich in den letzten Monaten dazu zwingen musste, überhaupt einen Bissen zu mir zu nehmen. Das Essen ging immer nur bis zum Hals, dann musste ich würgen. Seitdem die „Ereignisse“ sich überschlugen, habe ich vierzehn Kilo abgenommen.

Ich schweige. Als das Schweigen zu laut wird, sage ich: „Meine erste Ehe ist an meinem Job gescheitert.“ Die Donath soll bloß nicht denken, dass ich mich nicht kritisch mit mir selbst auseinandergesetzt habe.

„Wieso?“

„Weil ich zu viel gearbeitet habe“, sage ich. Was nicht wirklich eine Lüge ist. Dr. Donath schaut mich aus diesen großen Samtaugen an, für die so manche Frau morden würde. Sie sagt nichts. Worauf wartet sie? Hat sie gemerkt, dass das nicht der wahre Grund für meine Scheidung von Christian war?

„Chris – so heißt mein erster Mann, hat mich irgendwann vor die Entscheidung gestellt: der Job oder wir.“

„Wir?“, hakt sie nach.

„Chris und Sarah.“

„Sie haben eine Tochter?“

Ich antworte nicht. So viele Kleenex-Tücher sind gar nicht mehr in der Packung. Ich vermute, sie lernt mehr über mich aus dem, was ich nicht sage, als aus dem, was ich erzähle.

„Ich habe mich für den Job entschieden“, sage ich.

„Das heißt, Sie waren nicht glücklich in Ihrer Ehe?“

Mein Blick wandert weg von der Kleenex-Packung durch das Fenster. Die Blätter der Kastanie werden bereits an den Rändern braun, dabei ist es erst Mitte Juli. „Diese blöden Miniermotten“, sage ich.

„Was? Das habe ich nicht verstanden.“

„Die Kastanie – seitdem diese Miniermotten ihr Unwesen treiben, werfen die Kastanien bereits im Hochsommer ihre Blätter ab."

„Ach so, ich dachte, Sie sprechen von Ihrer Ehe, gegen die Sie sich bewusst entschieden haben. Wie lange waren Sie mit – Chris hieß er, richtig? – verheiratet?"

„Zwölf Jahre."

„Und Ihre Tochter? Wie alt ist sie?"

„Ich wollte nie Kinder haben. Meine Firma war mein Kind."

Sie sagt nichts. Wenigstens verurteilt sie mich nicht so wie die meisten Menschen.

„Ich habe die Firma aus dem Nichts aufgebaut, das war gar nicht so einfach. Wenn man noch keine spektakulären Erfolge vorweisen kann, bekommt man auch nicht die Kunden, für die man spektakuläre Erfolge erzielen kann."

„Wie haben Sie das geschafft?"

„Zumindest nicht so wie die meisten meiner Mitbewerber. Ich habe vorher nicht in einer anderen Agentur gearbeitet und habe mich mit deren Klienten aus dem Staub gemacht. Nein, ich habe ganz unten angefangen, mit kleinen, regionalen Kunden, wie zum Beispiel Autohäusern. Mit Kunden, deren erste Frage war: ‚Was kostet es, dass Sie mich auf die erste Seite der Bildzeitung bringen?'"

Die Donath lächelt. Jetzt lächelt sie wirklich. „Was haben Sie darauf geantwortet?"

„Ich habe sie gefragt, was sie denn bereit seien, dafür zu tun, damit ich sie in die Bildzeitung bringen kann."

„Aber Sie haben es geschafft?"
„Ich habe es geschafft, denen klarzumachen, wie sie für sich PR machen können und was sie dafür zu tun haben. Aber später bin ich dafür bezahlt worden zu verhindern, dass meine Kunden auf der ersten Seite der Bildzeitung erscheinen."
„War Ihr Mann eifersüchtig auf Ihren Erfolg?"
„Chris – eifersüchtig? Nein, ganz und gar nicht. Chris ist ein lieber, selbstbewusster Mann, der hatte es nicht nötig, eifersüchtig auf meine Erfolge zu sein. Nein, im Gegenteil, er hat mich immer gut beraten, und wir haben jeden kleinen Sieg gefeiert."
„Ist Chris auch selbstständig?"
„Nein, er leitet ein Amt in Berlin."
„Er war also Beamter."
„Ja, ist er immer noch."
„Mit einem Nine-to-five-Job?"
„Und mit einem Leben voller Interessen und Hobbys."
„Die Sie nicht teilten?"
„Doch, wir hatten die gleichen Interessen, aber ich hatte weniger Zeit dafür."
„Und Sarah?"
„Sarah war ein Unfall." Ich will jetzt nicht über Sarah reden.
„Sie wollten kein Kind?"
„Nein, nie. Ich wusste schon als junges Mädchen, dass ich kein Kind wollte. Meine Freundinnen blieben bei jedem Kinderwagen stehen und mussten unbedingt die Babys sehen, mich hat Babygeschrei nur genervt. Ich hatte

den totalen Horror davor, schwanger zu werden. Ich habe immer gedacht, dass man sein Leben im Kindbett in die Krankenhausgarderobe hängt und es dort vergisst. Alles, was ich wollte, war Erfolg zu haben und ganz oben mitzuspielen."

„Und Chris – wollte er auch keine Kinder?"

„Kinder waren Chris egal. Hat er zumindest behauptet. Natürlich habe ich ihm vor unserer Heirat gesagt, dass er sich eine andere Frau suchen muss, wenn er unbedingt Nachwuchs haben will."

„Und dann, was ist passiert?"

„Ein Tropensturm in der Dom-Rep."

„Sie hatten nicht verhütet?"

„Doch. Aber irgendwas hat da nicht funktioniert. Auf jeden Fall war ich im vierten Monat, als ich überhaupt bemerkt habe, dass ich schwanger bin."

„Das ist allerdings merkwürdig. Ihre Tage sind nicht ausgeblieben?"

„Doch, aber ich hatte keine Zeit, zum Arzt zu gehen, und so genau hatte ich nicht mitgezählt."

„Die Arbeit?", fragt sie.

„Genau, ich hatte einen wahnsinnig spannenden Auftrag von einem internationalen Ölkonzern. Da brannte im wahrsten Sinne nicht nur die Luft. Ich habe Tag und Nacht gearbeitet. Und dann war es zu spät."

„Wie lange waren Sie verheiratet, bevor Sie schwanger wurden?", fragt Dr. Donath.

„Drei Jahre."

Die Donath schaut auf die Uhr. „Wir treffen uns morgen um die gleiche Zeit?" Es ist mehr eine Feststellung als eine Frage. Ich bin froh, die Stunde hinter mir zu haben, wobei die Stunde aus fünfundvierzig Minuten besteht. Sie wünscht mir noch einen schönen Abend und schließt leise die Tür hinter mir.

Mir ist heiß, ich muss dringend an die frische Luft, deshalb entschließe ich mich zu einem kleinen Spaziergang. Nicht, dass ich eine große Spaziergängerin wäre, sportliche Betätigungen sind mir überhaupt fremd. Ich würde auch nicht auf den Gedanken kommen, den Fitnessraum in der oberen Etage zu besuchen – „dort haben Sie einen fantastischen Blick über den See", pries mir der Klinikleiter den Folterraum an.

Als ich auf dem kleinen Spazierweg angekommen bin, fange ich plötzlich an zu rennen. Nach ein paar hundert Metern bin ich außer Atem. Hallo, was war das denn? Ich bleibe stehen und ringe um Luft. Ich, joggen? Kaum hat sich mein Atem ein wenig beruhigt, renne ich weiter, schneller und immer schneller. Ich konzentriere mich ausschließlich auf das Atmen, Bäume fliegen vorbei, andere Menschen kommen mir entgegen, ich hechle wie ein Hund im August.

Als ich stehen bleibe, um Luft zu schöpfen, habe ich Seitenstechen. Das ist wunderbar, warum habe ich das eigentlich noch nie gemacht?, frage ich mich. Ich blicke mich um, die Klinik sieht man nur noch aus der Ferne. Zurück geht es in einem gemäßigteren Tempo. Ich muss einen Rhythmus finden, meinen Rhythmus, denke ich und versuche, auf das Pochen meines Herzens zu hören.

Der Schweiß läuft mir in die Augen, mein Atem geht stoßweise, ich horche auf die Signale meines Körpers, vielleicht ist es das erste Mal in meinem Leben, dass ich das bewusst tue.

Ich habe das Erstaunen in Dr. Donaths Augen gesehen, als ich ihr erzählt habe, dass ich erst im vierten Monat gemerkt habe, dass ich schwanger bin. Die Signale meines Körpers waren mir einfach schietegal. Wenn ich auf jedes Wehwehchen gehört hätte, hätte ich diesen Job nicht machen können. Ich habe neunzig Stunden in der Woche gearbeitet – wenn es sein musste, tagelang ohne Schlaf. Kopfschmerzen? Bauchweh? Grippe? Egal, auf dem Schreibtisch steht die Tausenderpackung Aspirin. Ich falle in einen langsameren Trott und frage mich, wann ich das letzte Mal in meinem Leben einen Arzt aufgesucht habe. Vor sechs oder sieben Jahren, damals bei dem Skandal in Berlin, da hatte ich solche Magenschmerzen, dass ich dringend ein paar Beruhigungspillen von Onkel Doktor brauchte. Zwei Valium, und die Magenschmerzen waren verschwunden.

Nein, ich will nicht an Sarah denken. Ich will einfach nicht. Aber das Bild des kleinen, warmen Bündels schiebt sich immer wieder vor mein inneres Auge. Und dann tut es wieder weh. Gegen diese Schmerzen hilft kein Aspirin. Und es ist auch kein psychosomatischer Schmerz, der sich mit fünfzig Milligramm Valium ruhigstellen ließe. Ich ahne, dass Dr. Donath genau an dieser Stelle morgen weiterbohren wird. Bevor ich zum Abendessen runtergehe, muss ich mich umziehen. Mein T-Shirt ist durchgeschwitzt.

Fast hätte ich das Essen versäumt, so lange habe ich unter der Dusche gestanden. Meine Haut ist aufgeweicht, als ich das heiße Wasser abdrehe. Der Spiegel im Bad ist beschlagen, und als ich auf die Uhr schaue, bekomme ich einen Schreck. Habe ich wirklich eine Dreiviertelstunde geduscht? Ich kann mich nicht erinnern. Es war einfach schön warm. Im Speisesaal sitze ich auf meinen Wunsch hin allein an meinem Tisch. Ich will mit niemandem reden, keine neugierigen Fragen beantworten, nach dem Weshalb, Warum und Woher. Alles, was ich hier will, ist meine Ruhe haben und zu mir kommen.

Babyjahre

Als ich Dr. Donath am nächsten Tag von meinem Joggingausflug erzähle, fragt sie mich, ob ich das Gefühl gehabt habe, vor etwas wegzulaufen.

„Nein“, sage ich, „ich hatte das Gefühl, dass ich meinen Rhythmus finden muss.“

Sie nickt zufrieden. „Deshalb sind Sie hier, nicht wahr?“

„Ja.“

„Sie sagten, dass Ihre Schwangerschaft ein Unfall gewesen sei. Wie war es denn, als Ihre Tochter geboren wurde?“

„Schrecklich.“ Meine Lippen scheinen sich bei der Erinnerung an Sarahs Geburt zu verkrampfen. „Ich hatte regelrecht Angst davor, Sarah zu berühren, Angst davor, mich mit ihr quasi zu infizieren. Als die Schwester mir das winzige Wesen in den Arm legte, wollte ich am liebsten ‚NEIN!‘ schreien. Natürlich habe ich das nicht getan, natürlich habe ich mein Baby gestillt.“

„Und Christian, Ihr Mann?“

„Chris war ganz hingerissen von seinem kleinen Mädchen, ich habe in seinen Augen das gesehen, was er sich wohl bei mir erhofft hatte: Liebe. Aber die kam bei mir nicht automatisch. Entgegen aller Prophezeiungen von

Mama und meiner Schulfreundin Lisa, es war wirklich keine Liebe auf den ersten Blick."

„Sie hatten eine Wochenbettdepression?"

„Wenn es nur das gewesen wäre. In Sarahs ersten Monaten haderte ich mit meinem Schicksal. Auch als ich wieder zu Hause war, wollte der Babyblues nicht weichen."

„Sie hatten also ein distanziertes Verhältnis zu Ihrer Tochter. Wie haben Sie das Kind mit Ihrem Job koordiniert?"

„Natürlich nahm ich Sarah vom ersten Tag an mit ins Büro, ihre Babywiege und später ihr Bettchen standen neben meinem Schreibtisch. Aber ich musste meine Mitarbeiter zu den spannenden Aufgaben schicken, während ich im Büro saß und die Buchhaltung kontrollierte. Dabei interessierte mich das nur insoweit, als dass die Rechnungen an die Kunden pünktlich gestellt und alles richtig weiterberechnet worden war. Denn nur wegen des Geldes habe ich mich nie ins Zeug gelegt."

„Weshalb haben Sie dann gearbeitet?", grätscht die Donath dazwischen.

Ich denke nach. Was war es, was mich vorangetrieben hat? „Ich wollte ganz oben mitspielen, ich wollte Erfolg haben, die Beste in der Branche sein, irgend so was." Vielleicht, so denke ich, wollte ich auch einfach nur meiner Mutter beweisen, dass die Erfüllung eines Frauenlebens nicht ausschließlich in Aufzucht und Pflege einer Familie besteht.

„Sie haben sich durch Ihre Tochter also behindert gefühlt?"

„Wie ich diese ersten Monate mit Sarah gehasst habe,

wirklich und wahrhaft abgrundtief gehasst. Alles, was mein Lebensinhalt gewesen war, musste ich meinen Mitarbeitern überlassen, während ich ans Haus gefesselt war. Meine Mitarbeiterinnen wiederum beneideten mich um diesen kleinen Schreihals, Sarah war der verhätschelte Liebling der Agentur. ‚Darf ich sie mal halten?', ‚Oh, darf ich sie ein bisschen rumtragen?' – ‚Mädels, ja klar', habe ich gesagt, ‚ihr dürft sie auch gern wickeln.'"

Die Donath lacht. Dann wird sie wieder ernst. „Was ist passiert?"

„Wie meinen Sie das? Passiert?"

„Ihre distanzierte Einstellung zu Ihrer Tochter hat sich geändert?"

„Ja, es ist tatsächlich etwas passiert." Ich schließe die Augen und merke, wie allein bei dem Gedanken an diesen Abend sich heute noch mein Puls beschleunigt.

„Ich hatte meine Mitarbeiter bereits nach Hause geschickt, denn ich wollte in Ruhe nachdenken und an der Konzeption für einen Lebensmittelkonzern feilen, bei dem wir in der folgenden Woche zur Präsentation eingeladen waren."

„Sie haben immer in der Agentur und nicht zu Hause gearbeitet?", fragt sie. Dr. Donath muss gemerkt haben, dass mich die Erinnerung an diesen Abend aufregt.

„Ich habe grundsätzlich in der Agentur und nicht zu Hause gearbeitet, ich wollte beide Bereiche immer getrennt halten."

„Ein guter Entschluss. Aber Ihre Tochter haben Sie in Ihren Arbeitsalltag integriert. Ihr Mann hat Ihnen Ihre Tochter nicht auch mal abgenommen?"

„Natürlich, aber nicht, solange ich gestillt habe. Ging ja nicht anders."

Ich schließe die Augen und sehe das Kinderbettchen neben meinem Schreibtisch. „Schlaf gut, Kleine", hatte ich meiner Tochter zugeflüstert, nachdem ich sie gerade gestillt und frisch gewickelt in ihr Bettchen gelegt hatte. Dann wandte ich mich wieder meinem Computer zu, ich wollte noch die Konzeption für den Lebensmittelkonzern fertigschreiben.

„Sarah lag in ihrem Kinderbettchen auf dem Bauch, denn die Kleine konnte auf dem Rücken nicht einschlafen. Die Hebamme hatte mir den Tipp gegeben, Sarah zum Einschlafen auf den Bauch zu legen und sie, sobald sie fest schläft, umzudrehen. Genauso habe ich das gemacht, und es hatte bis zu diesem Tag immer perfekt geklappt."

„Ja", sagt die Donath, „manche Babys sind von Anfang an Bauchschläfer. Aber an diesem Tag klappte es nicht?"

„Nein. Während ich über die richtige Strategie für den angeschlagenen Lebensmittelhersteller nachdachte, streichelte ich ab und an ganz automatisch Sarahs Köpfchen, um zu checken, ob sie bereits eingeschlafen war.

Plötzlich fühlte sich etwas komisch an. Ich hörte auf zu tippen und fasste mein Baby bewusst an. Sie war viel kälter als gewohnt. Also richtiggehend kalt. Ich schaute, ob sie vielleicht im Zug lag, aber das Fenster hinter meinem Schreibtisch war geschlossen. Ich stupste Sarah an. ‚Hallo, Süße', rief ich, doch mein Kind reagierte nicht. Was zum Teufel war das?"

„Da haben Sie Panik bekommen", vermutet die Donath zu Recht.

„Ich war allein im Büro, es war bereits später Abend, es war niemand da, den ich um Hilfe hätte bitten können. Ich zog die Decke zurück, öffnete ihren Anzug, und dann sah ich, dass sich ihr Brustkorb nicht mehr bewegte. In Panik hob ich sie hoch, sie fühlte sich an wie eine Schlenkerpuppe, Beine und Arme hingen schlaff herunter. Was tun, was tun? Während ich mein bewegungsloses Mädchen im Arm hielt, tippte ich mit der freien Hand 110.

‚Hilfe, mein Baby atmet nicht mehr', schrie ich in die Leitung. Der Mann am anderen Ende der Leitung stellte mir Fragen, aber ich war so konfus, dass ich nicht in der Lage war, sie zu beantworten.

‚Legen Sie Ihr Baby vor sich', sagte er, aber ich wollte das nicht, ich wollte mein Kind im Arm behalten, ich umfasste Sarahs Brustkorb und rüttelte sie leicht hin und her.

‚Sie müssen das Kind beatmen', sagte die Stimme, die ich auf Lautsprecher gestellt hatte. Ich hatte keine Ahnung, wie man das macht."

„Sie hatten keinen Erste-Hilfe-Kurs für Babys gemacht?", fragt die Psychologin.

„Nein, ich hatte einfach keine Zeit, weil ich doch noch kurz vor der Niederkunft diese holländische Bank retten musste."

Die Donath macht sich eine Notiz. „Sie fühlten sich total hilflos?"

„Völlig. Doch dann bemerkte ich, dass Sarah einen winzigen Atemzug nahm. Kein tiefes Nach-Luft-Schnappen, nur so ein kleiner Atemzug – und dann wieder nichts. Aber dieses kleine Schnappen gab mir Hoffnung, und tatsächlich kam ein zweiter Atemzug und dann – endlich – noch einer. In dem kleinen Körper machte sich wieder so etwas wie Spannung breit. Und dann wurden die Atempausen immer kürzer, bis sie wieder normal atmete. Sarah öffnete die Augen."

Ich muss mich noch jetzt an der Lehne des grünen Sessels festhalten, der Schock, der mir damals in die Glieder gefahren war, war gewaltig gewesen.

„Da haben Sie aber viel Glück gehabt", sagt Frau Doktor.

Ich nicke. Mir laufen die Tränen herunter. Damals ließ ich mich heulend mit dem Baby in meinen Schreibtischsessel fallen. Ich weinte und weinte, hielt meine Kleine im Arm und babbelte dummes Zeug. Ich versprach ihr, sie nie, nie wieder loszulassen.

„Und was geschah dann?"

„Als der Krankenwagen und der Notarzt endlich da waren, war Sarah zwar sehr müde, aber ansonsten schien ihr nichts zu fehlen.

Ich habe Chris alarmiert, wir fuhren ins Krankenhaus, und Sarah wurde durchgecheckt. Atmung, Sauerstoffsättigung, Herzfrequenz, alle Werte waren normal. Tagelang machten sie in der Klinik zig Tests – ohne Befund. Die Diagnose lautete: durch rechtzeitiges Eingreifen verhinderter plötzlicher Kindstod. Sarah war nach wie vor ein ganz normales, gesundes Baby."

„Dieses Erlebnis hat Ihre Einstellung zu dem Baby geändert?"

Ich nicke. „Ja. In meiner Panik habe ich gespürt, wie sehr ich dieses kleine Wesen liebte. Mehr als alles andere auf der

Welt, mehr als mich selbst. Ich machte einen Erste-Hilfe-Kurs, und wir bekamen einen Überwachungsmonitor."

Ich beuge mich vor, schnappe mir ein Kleenex und gieße mir aus der Wasserkanne ein Glas ein. Heute hat sie das Wasser mit Limonen aromatisiert.

„Morgen", sagt die Donath, „um die gleiche Zeit reden wir weiter."

Ich bin dankbar, dass ich den Praxisraum verlassen kann, und bemühe mich, langsam zu gehen, damit es nicht nach Flucht aussieht. Heute habe ich Sneakers angezogen, und ohne nachzudenken begebe ich mich nach draußen und renne um mein Leben.

Sarahs Tagebücher

Nach einer grauenvollen Nacht, in der ich immer wieder aus Albträumen hochgeschreckt bin, habe ich mir das Frühstück aufs Zimmer liefern lassen. Draußen schüttet es wie aus Kübeln. Ich bleibe heute erst mal im Bett und werde mich einer Lektüre widmen, um die ich mich seit Monaten drücke.

Zu ihrem elften Geburtstag hatte Sarah sich ein Tagebuch gewünscht. Seitdem bekam sie jedes Jahr zum Geburtstag ein neues, jungfräuliches Buch. Ich war erstaunt, dass meine sonst so Smartphone-affine Tochter tatsächlich ihre geheimsten Gedanken etwas Analogem anvertrauen wollte. Gleichzeitig war ich erfreut darüber und habe mir viel Mühe gegeben, ihr in diesem exklusiven Papierwarengeschäft in der Uhlandstraße jedes Jahr ein schönes, ausgefallenes Buch zu kaufen. Sie sind in Leder gebunden und duften unglaublich aufregend. Zumindest wenn sie neu sind. Das hat mich so sehr an meine eigene Jugend erinnert, auch ich habe früher Tagebuch geführt.

Dieser Duft eines knallneuen Tagebuchs roch nach Zukunft, nach Ungeduld, nach Neugier auf das, was da kommen würde. Im Gegensatz zu mir hat meine Mutter allerdings keinen Respekt vor meinen geheimsten Gedanken gehabt. Ich habe belauscht, wie sie ihrer besten Freundin erzählte, ich habe in mein Tagebuch geschrieben, dass ich es der Nachwelt vermache, wenn ich eines Tages berühmt sein werde. Die beiden haben sich ausgeschüttet vor Lachen.

Daraufhin habe ich nie wieder eine Zeile in das Tagebuch geschrieben. Diesen Vertrauensbruch habe ich nie vergessen, deshalb waren für mich die Aufzeichnungen meiner Tochter auch immer absolut tabu.

Erst als die Polizistin mich nach einem eventuellen Tagebuch fragte, habe ich mich auf die Suche danach gemacht. Sie hatte sie in einer abgeschlossenen Schublade in ihrem Schreibtisch versteckt, nach Jahren sortiert. Selbstverständlich habe ich keines davon der Polizei gegeben, das wäre für mich auch ein Vertrauensbruch gewesen.

Doch da mir klar war, dass ich in den Therapiestunden auch mein Verhältnis zu meiner Tochter aufarbeiten muss, habe ich alle ihre Tagebücher mitgenommen.

Ich nehme ihr erstes Tagebuch in die Hand. Es ist – beziehungsweise war – in rosafarbenes Wildleder gebunden. Das Leder ist abgegriffen, ausgeblichen und die Vorderseite von „My Diary“, was in einer verblassten Goldschrift in geschwundenen Lettern aufgedruckt ist, ziert ein königsblauer Tintenfleck. Er ist nicht der einzige Fleck, die meisten sind offensichtlich Fett. Auf der Rückseite fühlt es sich klebrig an. Ich drehe das Buch um, es sieht aus, als hätte Sarah es auf einen ausgespuckten Kaugummi gelegt und später versucht, das eklige Ding zu entfernen. Jetzt kleben in den Rudimenten schwarze Staubflusen, die durchdringend nach Erdbeere riechen. Erstaunlich, dass so ein Erdbeerkaugummi nach Jahren noch so stinken kann.

Ich frage mich, was mich geritten hat, einer Elfjährigen ein in Wildleder gebundenes Buch zu schenken. Dabei habe ich mir auf meine Empathie immer etwas eingebildet. Jedenfalls geht kindgerecht wirklich anders. Trotzdem hat Sarah sich über das Buch sehr gefreut. Oder war sie damals schon eine gute Schauspielerin?

Ich überfliege die ersten Seiten, bis ich zum Sommer jenes Jahres komme, zu den Begebenheiten, die unser Leben grundlegend ändern würden.

Ich war wegen des Auftrags einer französischen Versicherung für einige Tage in Paris, während Sarah bei der Familie ihres Vaters war. Da die Ferien in Berlin bereits begonnen hatten, fragte ich sie, ob sie nicht Lust habe, mit mir das Wochenende in Paris zu verbringen.

„Au ja, wir fahren zu Disney, ja?", rief Sarah.

Ich musste lachen, natürlich ist Disney für eine Elfjährige um ein Vielfaches spannender, als ein Wochenende lang mit Mama Paris zu besichtigen. Wir hatten Disneyland an der Westküste der USA bereits zusammen mit Chris besucht, es war unser letzter gemeinsamer Urlaub gewesen, an den ich nicht so gute Erinnerungen hatte.

„Okay", meinte ich, „dann musst du aber das Hotel aussuchen." Wenn schon kindgerecht, dann ganz, dachte ich mir.

Ich strecke mich auf meinem Klinikbett am Chiemsee aus. In Sarahs Tagebuch zu lesen, macht die Erinnerung so lebendig, als wäre es gestern gewesen. Ich blättere also durch die Seiten mit der krakeligen Handschrift einer Elfjährigen, bis ich zu einem Eintrag im Juni komme:

Liebes Tagebuch,

heute muss ich dir was erzählen. Ich bin ganz allein nach Paris geflogen. Papa hat mich am Freitag zum Flughafen gebracht. Die Stewardess war sehr nett. Ich habe drei Schokoladenherzen bekommen. Sie wollte mich festschnallen. Aber ich weiß doch, wie das geht. Ich bin schon ganz oft geflogen. In zwei Monaten werde ich zwölf. Mama hat mich in Paris abgeholt. Mama hat hier einen Auftrag. Sie ist seit letzter Woche hier. Ich war bei Papa und Sieglinde. Jetzt sind wir in Paris. Paris ist sehr schön. Morgen fahren wir nach Disneyland. Darauf freue ich mich. Jetzt sind wir im Hotel. Mama sitzt schon wieder vor dem Computer. Gleich gehen wir essen.

Ich lächle in mich hinein. Sarahs Tagebuch hat mich zurückkatapultiert nach Paris:

Die Sitzung beim Kunden dauerte und dauerte. Ich hatte darauf spekuliert, dass der Kunde es ebenso eilig hätte wie ich, schließlich stand auch in Frankreich ein Wochenende bevor, und auch hier galt normalerweise: Freitag um eins macht jeder seins. Aber offenbar nicht für den Kunden, und so kam ich erst kurz vor sechs aus dieser Sitzung.

Die Hitze hing wie eine Giftwolke in den engen Straßen,

durch die ich mich schlängelte, das Navi in dem Mietwagen zeigte mir Stau, Stau, Stau.

Ich stand auf der Autobahn zum Flughafen Charles de Gaulle, natürlich genau auf der Spur, auf der es am langsamsten vorwärts ging. Der Schweiß lief mir runter, obwohl ich die Klimaanlage auf Höchstleistung getrimmt hatte, eine Migräne kündigte sich an, der Benzin- und Abgasgestank von den Autos neben, vor und hinter mir machte es nicht besser. Ich trommelte mit den Fingern aufs Lenkrad, es half nichts, ich würde meine Kleine nicht pünktlich in die Arme schließen können.

Verdammt, was machte eine Elfjährige, wenn sie in Paris gelandet ist und Mami nicht am Flughafen? Ich versuchte, mir zu überlegen, was ich als Kind getan hätte. Zunächst einmal, ich hätte Angst gehabt. Aber wahrscheinlich würde Sarah keine Angst haben. Sie kennt mich, sie weiß, dass ich mich noch so sehr anstrengen kann, ich kann einfach nicht pünktlich sein. Bei jedem Termin schwitze ich Blut und Wasser, um ihn halbwegs pünktlich im Rahmen der Höflichkeit zu schaffen. In achtzig Prozent der Fälle sind meine Verspätungen allerdings hausgemacht. An diesem Abend war meine Verspätung aber nun wirklich nicht meine Schuld.

Sarah war mit ihren elf Jahren bereits ein weltgewandtes kleines Mädchen. Ich habe sie oft zu Terminen im In- und Ausland mitgenommen, sie hatte bereits mehr Länder gesehen als die meisten Erwachsenen. Sie wird zum Check-in-Schalter gehen und ihre Mutter ausrufen lassen, sagte ich mir. Oder vor der Ankunft draußen auf der Straße warten.

Ich werde sie finden, eine Elfjährige geht auf einem Flughafen nicht verloren. Erst später fiel mir ein, dass Sarah ja ein Handy hatte. Komisch, wie man in solchen Situationen versucht, sich in die eigene Kindheit zurückzuversetzen, und dabei vergisst, dass die Zeiten sich geändert haben. Sarah würde mich sofort anrufen, wenn sie mich nicht finden konnte.

Bin ich zu leichtsinnig gewesen?, frage ich mich heute. Die Kleine wäre vielleicht für jeden Bösewicht leichte Beute gewesen. Sie hätte jedem erwartungsfroh die Hand gegeben, der behauptete, die Mutti hätte ihn beauftragt, sie abzuholen. Schließlich war sie öfter mal von Fahrern meiner Kunden abgeholt worden, wenn ich gerade unabkömmlich gewesen bin.

Als ich endlich am Flughafen war, stellte ich fest, dass die Maschine neunzig Minuten Verspätung hatte. Noch nie in meinem Leben habe ich mich so über eine Verspätung gefreut. Ich war wie aus dem Wasser gezogen.

Disneyland

Was für schöne Erinnerungen. Es ist mir, als rieche ich noch immer die Auspuffgase auf der Autobahn zum Flughafen Charles de Gaulle. Ich blättere die Seite in Sarahs Tagebuch um und lese weiter:

Liebes Tagebuch,

ich bin sooo müde. Heute war ein schöner Tag. Wir sind in Disneyland. Ich durfte das Hotel aussuchen. Das Santa-Fe-Hotel finde ich am besten. Mama findet es nicht so toll. Aber es ist cool. Überall stehen alte Autos. Solche wie in dem Film Cars. Die mag ich. Am Nachmittag waren wir schon im Park. Am besten haben mir die Piraten gefallen. Unser Boot wurde von Piraten überfallen. Aber wir sind entkommen. Das hat so modrig gerochen, richtig gruselig. Beim Warten haben wir Mathew und Lea kennengelernt. Die kommen aus Amerika. Mathew ist nett. Mathew spricht sogar Deutsch. Er ist lustig. Seine Mutter kommt aus Gelsenkirchen. Lea kann kein Deutsch. Aber sie ist okay. Lea ist schon vierzehn. Sie hat ganz tolle lange, blonde Haare. Wir haben viel gelacht zusammen. Die waren in dem Boot vor uns. Sie haben auf uns gewartet am Ende. Und dann sind wir zusammen mitgelaufen bei der Parade. Ganz vorne hinter Mickey Maus. Das Feuerwerk war auch toll. Und das Dornröschenschloss hat mir gefallen. Wir haben dann noch zusammen gegessen. Lea und ich hatten ganz viele Tacos. Man kann sich da raufpacken, was man will. Ich mag am liebsten die rote Soße. Und den Käse aus der Flasche. Mathew und Lea wohnen auch in unserem Hotel. Mama hat schon lange nicht mehr so viel gelacht. Ich glaube, Mathew gefällt ihr. Jedenfalls hat sie einige Stunden nicht auf ihr Handy geguckt.

Ich lasse Sarahs Tagebuch sinken und schließe die Augen.

Der erste Nachmittag in Disneyland: Mein kleines Mädchen war glücklich. Mit großen Kinderaugen lief sie durch den Park, ‚Guck mal, Mama' hier, ‚Schau mal, da will ich hin'. Ich hatte mich von ihrer Begeisterung anstecken lassen. Es roch durchdringend nach Popcorn und Karamell, die Sonne strahlte vom Himmel, als wäre sie dafür bezahlt worden, und mit meinem Kind an der Hand fühlte ich mich selbst fast wie ein Kind.

Die Warteschlange vor *Pirates of the Caribbean* schien sich unendlich vor dem Eingang zu mäandern, aber das schreckte uns nicht. Wir stellten uns mit einem Eis am Stiel fröhlich hinten an.

„Wow, Mama, guck mal, was das Mädchen für schöne Haare hat", sagte Sarah und zeigte mit ihrem Lutscher auf ein junges Mädchen, das direkt vor uns stand. Sie hatte recht, die langen, blonden Haare glänzten wie flüssiges Gold in der Nachmittagssonne.

„Oh ja, die sind wirklich klasse", stimmte ich meiner Tochter zu.

Der Vater des Mädchens drehte sich zu uns um und sagte: „Wie die Loreley, nicht wahr?"

Ich musste lachen, denn der Mann hatte einen eindeutig amerikanischen Akzent.

„Was ist die Loreley?", fragte Sarah.

„Eine Nixe aus einer alten Sage", erklärte ich meiner Tochter. „Sie sitzt auf einem Felsen am Rhein und kämmt sich singend die Haare, und die Schiffer sind durch ihre Schönheit so abgelenkt, dass sie verunglücken."

„Die meisten denken, dass es eine alte Sage ist", sagte der Mann, „dabei ist die Loreley eine Romanfigur von Clemens Brentano."

„Waaas?", sagte ich erstaunt. „Wie kommen Sie denn darauf? Schon Heinrich Heine hat doch das Märchen aus uralten Zeiten besungen."

„Eben. Brentanos Loreley war ziemlich erfolgreich, deshalb haben viele Schriftsteller sich dieser Schein-Sage bemächtigt. Der Ursprung geht allerdings auf die griechische Mythologie zurück. Sie haben doch bestimmt von den Sirenen gehört?" Der Mann hatte zwar einen amerikanischen Akzent, sprach aber ansonsten fehlerfrei Deutsch.

„Das wusste ich wirklich nicht", sagte ich. „Wieder was gelernt. Aber darf ich fragen, woher Sie das wissen? Sie sind doch bestimmt Amerikaner, oder?"

Eigentlich war meine Frage eine schlichte Frechheit, unterstellte sie doch, dass alle Amerikaner ungebildet sind.

„Verzeihen Sie einem alten Professor seine Besserwisserei", sagte der Mann. „Brentano und Heine sind mein Beruf. Ich unterrichte Germanistik und deutsche Literaturwissenschaft an der Universität von Portland."

„Portland in Maine oder in Oregon?", fragte ich.

Der Mann lachte, und rund um die grüngrauen Augen explodierten die Lachfältchen, er war mir auf Anhieb sympathisch. „In Oregon. Ich bin Matthew, und das ist meine Tochter Leah." Er sagte zu seiner Tochter auf Englisch, sie solle sich doch mal umdrehen und Guten Tag sagen.

„Hi", sagte die kleine Loreley, „I'm Leah."

„I am Sarah and that is my mother. Her name is Michaela, but normally she is called Ela,", stellte Sarah uns vor. Die Kleine sprach schon ganz ordentlich Englisch, was mich echt stolz machte. Ich hatte dafür gesorgt, dass sie bereits von der ersten Klasse an Englisch lernte.

„Wie kommt es, dass Sie so gut Deutsch sprechen?", fragte ich Matthew.

„Meine Mutter kommt aus Gelsenkirchen."

Ich blickte fasziniert in Leahs Gesicht. Das Mädchen sah auch von vorn so aus, als ob sie bald jeden Schiffer um den Verstand bringen könnte. Noch hatte sie etwas Kindliches, Unschuldiges an sich, aber sie war entschieden eine All-American-Beauty. Leah lächelte uns mit blendend weißen Zähnen an, die so perfekt waren, dass man sofort an einen teuren Zahnarzt dachte, und fragte, woher wir kämen.

„Aus Berlin", sagte ich.

Während wir miteinander sprachen, rückten wir immer weiter vor in der Warteschlange, und als wir am Einstieg in die Gondeln waren, hatte sich eine fast familiäre Stimmung zwischen uns breitgemacht.

„Geht ihr zur Parade?“, fragte Matthew.

Ich zuckte mit den Achseln, da ich keine Ahnung hatte, wann und wo die Parade stattfinden würde.

„Ja, Mama, bitte, bitte zur Parade“, bettelte Sarah.

„Wir können ja zusammen gehen“, schlug Matthew vor. Und das taten wir. Im Laufe des Abends erfuhr ich, dass Matthew vor einiger Zeit Witwer geworden war. Er hatte seine Frau bei einem Autounfall verloren. Deshalb hatte er mit seiner Tochter diesen Europatrip gemacht, um sie ein wenig abzulenken. Die Vierzehnjährige schien den Tod der Mutter recht gut zu bewältigen, zumindest zeigte sie keinerlei Anzeichen von Trauer. Matthew hakte sich bei mir unter, als wir im Takt der Marching Band auf das Dornröschenschloss zuliefen. Leah hakte mich von der anderen Seite unter, und Sarah hatte Matthews Hand genommen. Jeder hätte uns für eine glückliche Familie gehalten. Als das Feuerwerk über dem Sleeping Beauty Castle explodierte, schloss ich die Augen und wünschte mir, dass dieser Moment nie vergehen würde, es war alles so, wie es sein sollte.

Leah hatte sich Tacos zum Abendbrot gewünscht, und so gingen wir gemeinsam mexikanisch essen. An diesem Abend hatte ich das Gefühl, Matthew schon ewig zu kennen. Es gab nichts Fremdes an ihm, diese kleine Familienhälfte hatte innerhalb von Stunden mein Herz erobert.

Ich habe diese schönen Erinnerungen an unser Kennenlernen in Disneyland seit langem aus meinen Gedanken verbannt. Wie herzerwärmend unsere Beziehung doch begonnen hat, denke ich und zupfe mir ein neues Taschentuch aus der Box, die ich vorsorglich auf meinen Nachttisch gestellt habe. Was wäre gewesen, frage ich mich, wenn wir an diesem Tag zuerst Schneewittchen und die sieben Zwerge oder das Phantom Manor besucht hätten? Vielleicht wäre uns der reale Horror erspart geblieben.

Meine Tränen fließen auf den nächsten Eintrag, die Buchstaben verschwimmen unter meinen Augen. Ich lege das Tagebuch beiseite und gehe auf den Balkon.

Graue Wolken hängen tief über dem Chiemsee. Ich schaue auf die Uhr, bald ist es Zeit für die nächste Stunde bei Frau Dr. Donath. Ob ich ihr von den Tagebüchern berichten soll? Nein, sogar das würde mir im Moment wie ein Vertrauensbruch vorkommen. Es ist schon merkwürdig, wie man durch das Verhalten seiner Eltern für den Rest seines Lebens gepolt ist. Bei dem Gedanken schießen mir wieder die Tränen in die Augen.

Genug geheult für heute, Michaela Martens, sage ich mir und wische mir mit dem Handrücken entschlossen über das Gesicht. Ich springe unter die Dusche, und dann bin ich bereit, mich von Dr. Donath mit Fragen konfrontieren zu lassen, denen ich lieber aus dem Weg gehen würde.

Folterstunde

Ich will nicht. Ich will wirklich nicht. Quatsch, Michaela Martens, sage ich mir, du hast schließlich dafür bezahlt. Langsam drücke ich die Klinke von Dr. Donaths Tür hinunter.

„Kommen Sie rein, Frau Martens“, ruft sie mir fröhlich zu.

Ich setze mich ihr gegenüber und denke, dass sie aussieht, als habe sie sich in ein Korsett gesperrt. Alles an ihr scheint festgezurrt, die Haare, der Busen, die Hose. Ich bin mir nicht sicher, ob ich sie mag. Sie schaut mich an. Wahrscheinlich sieht sie, dass ich mir die Augen ausgeheult habe.

„Kein guter Tag?“, fragt sie.

Ich zucke mit den Schultern, der Tag kann nichts dafür, dass ich mir Sarahs Tagebuch vorgenommen habe. „Zu viele Erinnerungen.“

„Erzählen Sie mir von Chris“, eröffnet sie das Gespräch. Sie will mich ablenken, oder? „Haben Sie Chris das erzählt, was Sie mir gestern erzählt haben?“

„Sie meinen, ob ich ihm gebeichtet habe, dass ich meine Liebe zu meiner Tochter entdeckt hatte?“

Dr. Donath nickt.

„Nein. Denn dann hätte ich ihm ja beichten müssen, dass die Kleine mich irritiert und gestört hat von Geburt an.“

„Das wusste er nicht?“

„So explizit nicht. Ich habe versucht, es sowohl vor dem Baby als auch vor ihm zu verbergen. Wer will in den Augen seines Mannes schon als herzlos dastehen.“

„Haben Sie sich als herzlos empfunden?“

Ich nicke. „Ständig habe ich mich gefragt, was mit mir nicht stimmt.“

„Und was, glauben Sie, hat mit Ihnen nicht gestimmt?“

„Ich weiß es nicht. Vielleicht habe ich mir nur vorgemacht, dass Sarah mir nichts bedeutet, weil ich den Verlust meiner Freiheit nicht verkraften konnte.“

„So also haben Sie es empfunden, als Verlust Ihrer Freiheit?“

„Ja, habe ich doch gesagt. Ich musste in Berlin bleiben, während meine Mitarbeiter all die spannenden Dinge erledigen konnten, die ich normalerweise bearbeitet habe.“

„Hat sich das Verhältnis zu Chris nach der Geburt Ihrer Tochter geändert?“

Ich blicke hinaus in das Grünbraun der Kastanie, deren Blätter tropfnass herunterhängen. Das ist eine gute Frage. Eine, die ich mir nie gestellt habe. Ich zucke mit den Schultern. „Ehrlich gesagt, ich weiß es nicht. Oder sagen wir mal so, es blieb nicht mehr viel Zeit für uns, das Baby raubte uns die gemeinsame Zeit.“

„Haben Sie ihn dabei verloren?“

Komisch, so habe ich es noch nie gesehen. Meine Gedanken kreisten um meine Firma, nicht um meinen Mann. Der war ja da, wie immer. Sarah war sein Augensternchen, seine kleine Prinzessin. „Er liebte das Mädchen über alles“, sage ich.

„Sie stand zwischen Ihnen? Hatten Sie das Gefühl, dass Sarah Ihnen Ihren Mann gestohlen hat?“

„Was? Was um Gottes willen …“ Ich muss schlucken. „Nein!“, schreie ich. Ich stehe auf und gehe zum Fenster, um es zu öffnen. „Entschuldigung, ich brauche frische Luft.“ Ich will nicht, dass sie mein Gesicht sieht.

Dr. Donath schweigt. Ich fasse hinaus, halte die Handfläche in den Regen und versuche, mich zu beruhigen.

„Chris ist ein guter Vater“, sage ich langsam. „Auf ihn kann man sich zu hundert Prozent verlassen.“

Bilder stürzen auf mich ein, verstörende Bilder, Bilder, die ich nicht sehen will. Ich weigere mich, es zu glauben. „Chris hat Sarah immer beschützt“, sage ich und setze mich wieder.

„Sie sind geschieden?“

„Ja, aber das war viel später“, sage ich. „Da war Sarah bereits acht Jahre alt.“

„Was war der Grund für die Scheidung?“

„Chris hat behauptet, dass ich in der Familie nur Gast sei, immer mit den Gedanken bei der Arbeit. Dass Sarah darunter leiden würde. Dass er darunter litt. Deshalb hat er mich vor die Wahl gestellt: die Firma oder er.“

„Also doch wegen Ihrer Arbeit.“

„Nein, so einfach war es nicht. Chris hatte nämlich in der Zwischenzeit ein Verhältnis mit Sarahs Klassenlehrerin begonnen. Und wie sich herausstellte, war sie von ihm schwanger. Deshalb hat Chris mich vor eine Entscheidung gestellt, von der er von vorneherein wusste, wie sie ausfallen würde. Ich lasse mich nicht erpressen.“

„Glauben Sie, dass er bei Ihnen geblieben wäre, wenn Sie die Firma aufgegeben hätten?"

„Diese Frage hat sich mir nicht eine Minute gestellt. Chris wollte, dass ich mein Gesicht wahre, er wollte mir nicht wehtun."

„Es hört sich so an, als ob Sie Ihren Mann immer noch gernhaben", sagt Dr. Donath.

Ich nicke. „Ja, wir haben ein gutes Verhältnis zueinander."

„Ist Sarah dann bei ihm aufgewachsen?"

„Nein. Wir hatten eine einvernehmliche Scheidung, und wir haben uns nie um das Kind gestritten. Sarah sollte selbst bestimmen, bei wem sie wohnen will. Sie wollte bei mir bleiben, die Klassenlehrerin auch nach Schulschluss zu ertragen, war ihr ein bisschen zu viel. Nur wenn ich verreisen musste oder akuten Arbeitsanfall rund um die Uhr hatte, war sie bei Chris und Sieglinde, so heißt meine Nachfolgerin. Sieglinde und Chris hatten inzwischen zwei eigene Kinder, und Sarah fühlte sich ein bisschen abgehängt. Der Altersunterschied zu ihren Geschwistern war einfach zu groß."

„Sie grollen Ihrem Mann nicht?"

„Nein, ich habe ihn ja wirklich vernachlässigt. Ich hatte geglaubt, unsere Liebe wäre groß genug. Aber es blieb immer weniger Zeit für uns. Wenn ich zu Hause war, habe ich mich um mein kleines Mädchen gekümmert."

„Wie war es, als Sie mit Sarah alleine waren?"

„Wir haben uns aufeinander eingestellt. Ich habe Sarah, wann immer es ging, mitgenommen, habe Au-pair-Mädchen beschäftigt. Nach der Schule kam sie oft in die Agentur, machte dort ihre Schularbeiten und wurde von allen verhätschelt. Ich hatte den Eindruck, dass Sarah es genoss, im Mittelpunkt zu stehen. Alles drehte sich um sie."

„Wie lange waren Sie mit ihr alleine?", fragt Frau Dr. Donath.

„Drei Jahre."

„Sie hatten in der Zeit keinen Freund?"

„Ich hatte weder Lust noch Zeit für einen Mann. Okay, es gab den einen oder anderen One-Night-Stand, aber nur, wenn ich unterwegs war, niemals zu Hause. Es war keine schlechte Zeit damals, jedenfalls nicht für mich."

„Sarah sah das anders?"

„Meine Tochter hat sich als Kupplerin versucht. Ich nehme also an, dass sie sich nach einer eigenen Familie gesehnt hat."

Frau Doktor blickt dezent auf die Uhr. Ich bin dankbar dafür, dass die Stunden hier nur fünfundvierzig Minuten haben, und erhebe mich. „Dann bis morgen", sage ich und fliehe in mein Zimmer, denn draußen ist es zu nass für eine Joggingrunde.

Sarahs erstes Tagebuch

Ich kann nicht schlafen. Die Erinnerung an Paris, an das Kennenlernen von Matthew und Leah treibt mich um. Mit der Lesebrille auf der Nase liege ich im Bett, in der Hand wieder das erste Tagebuch meiner Tochter, in dem diese Tage wieder lebendig werden.

Liebes Tagebuch,

ich bin traurig. Wir müssen morgen früh nach Hause fliegen. Es war ein mega Tag. Wir waren in dem Lokal von der Maus. Dafür mussten wir geschrumpft werden. Das war geil. Danach haben wir eine Wildwestschau gesehen. Die war doof. Ich mag keine Cowboys. Aber Mathew und Lea wollten unbedingt da hin. Also sind wir mitgegangen. Mama ist gut gelaunt. Ich glaube, Mathew mag sie auch. Lea und ich haben alles gekriegt, was wir wollten. Wo Mama sich sonst immer so anstellt. Nein, Sarah, da ist zu viel Zucker drin. Heute konnte es gar nicht genug Zucker sein. Rosa Zuckerwatte, gebrannte Mandeln, Donuts, Eis, Popcorn. Lea mag das Popcorn mit Salz, ich mag das mit Zucker lieber. Am besten fand ich die Fahrt durch Hyperspace Mountain, das war echt Star-Wars-mäßig. Allerdings war mir danach ein bisschen schlecht. Aber es war cool. Als wir uns von Mathew und Lea verabschiedet haben, habe ich echt geheult. Ich habe Mathew gefragt, ob sie nicht mit nach Berlin kommen wollen. Dann wäre Mama immer glücklich. Mathew und Mama haben sich angelächelt. Lea hat die Augen verdreht. Schade, dass Mathew und Lea Amerikaner sind. Sonst könnten Mama und Mathew heiraten, und wir wären eine Familie. Ich kann den gut leiden. Er spricht so ein lustiges Deutsch. Und natürlich mag ich Lea.

Bereits am zweiten Tag unseres Kennenlernens hat Sarah tatsächlich von Heirat gesprochen. Meine kleine Kupplerin. Aus ihren Zeilen lese ich, dass sie sich nach einer Familie gesehnt hat, im Übrigen genauso wie ich, wie ich nach diesem Tag in Disneyland mit Erstaunen festgestellt hatte. Es fühlte sich alles so richtig an, so vollständig, so selbstverständlich.

Matthew hatte eine Art, mich anzuschauen, als blickte er mitten in meine Seele. Vielleicht stimmte das sogar, zumindest hat er bei mir die richtigen Knöpfe gedrückt.

Leah war ein eher verschlossenes junges Mädchen, aber sie hatte ein entzückendes, schüchternes Lächeln. Sarah hatte einen besseren Zugang zu Leah als ich, was mich damals nicht verwundert hat.

Matthew konnte nicht nur gut mit mir umgehen, er hatte

auch meine Tochter bereits am ersten Abend um den Finger gewickelt. Ich weiß noch, wie wir uns an jenem Tag verabschiedet haben, ich habe ihm meine Telefonnummer aufs Handy gespielt. Sarah hat tatsächlich geheult, sie hat sich an Matthew angeschmiegt und gesagt: „Please, don't go."

Ich musste mich beherrschen, nicht mitzuheulen, ich hatte das Gefühl eines großen Verlustes.

In jener Nacht lag ich schlaflos in meinem Bett und fragte mich, was ich eigentlich wollte in meinem Leben. Matthew hatte es geschafft, alle meine Wünsche und Vorstellungen ins Wanken zu bringen. Dabei war nichts zwischen uns passiert.

Es gab keinen Kuss, nur flüchtige Berührungen, ein Wimpernschlag, ein Lächeln, wenn die Kinder nicht hinschauten, mehr nicht. Die Begegnung mit Matthew war wie die Option auf ein anderes Leben. Dabei war ich bis zu diesem Tag mit meinem Leben durchaus zufrieden gewesen.

Kleine Kupplerin

Ich stehe auf und nehme mir ein Mineralwasser aus dem kleinen Kühlschrank unter meiner „Kommunikationszentrale", wie ich den Schreibtisch vor dem Spiegel in meinem Zimmer in der Kurklinik am Chiemsee nenne. Zurück im Bett lese ich weiter in Sarahs Tagebuch von den glücklichen Tagen in unserem Leben.

Liebes Tagebuch,

du wirst mir nicht glauben. Als wir am Flughafen ankamen, haben wir Mathew und Lea in der Halle gesehen. Mathew hat mit den Flugtickets gewinkt. Sie haben welche für unser Flugzeug nach Berlin. Mama hat einen roten Kopf bekommen. Ich habe noch nie gesehen, dass sie einen roten Kopf bekommt. Nur ich kriege immer einen, wenn mir was peinlich ist. Wieso war ihr das peinlich? Ich finde es toll. Mathew hat gesagt, sie machen einen Europatrip, und es ist egal, ob sie erst nach London oder erst nach Berlin fliegen. So können wir noch ein bisschen zusammen sein. Als wir in Berlin ge-

landet sind, sind die beiden in ein Hotel gefahren, das Mama für sie ausgesucht hat. Und ich bin mit Mama nach Hause gefahren. Wir waren dann zusammen Abendessen in der Nähe vom Gendarmenmarkt. Mathew wollte in ein typisch deutsches Restaurant. Wir mussten riesige Schnitzel essen, und Mama und Mathew haben geredet und geredet. Sie haben viel gelacht. Ich habe mit Lea gequatscht. Nach dem Nachtisch durfte ich Lea den Platz mit dem Dom und dem Konzerthaus zeigen. Anschließend sind wir mit dem Fahrstuhl auf dieses rote Gebäude am Potsdamer Platz gefahren. Ganz nach oben. Da hat man einen super Ausblick auf Berlin. Mama hat die beiden für morgen Abend zu uns nach Hause eingeladen. Ich freue mich drauf.

Der Abend am Gendarmenmarkt war einer der schönsten Abende meines Lebens. Als die Kinder zum Platz gelaufen sind, hat Matthew meine Hand genommen und gesagt, dass er gern mit mir alleine sein möchte. „Glaubst du an Schicksal?“, hat er mich gefragt.

„Ich weiß nicht“, habe ich geantwortet.

„Es war unser Schicksal, wir mussten uns treffen. Bei den Piraten.“

„Du bist ein Pirat, du hast meiner Tochter das Herz gestohlen.“

„Komisch“, hat er gesagt, „ich habe heute früh in meine Beutekiste geschaut, und da waren tatsächlich zwei Herzen drin.“ Und dann haben wir uns geküsst, ich kam mir vor wie ein Teenager, obwohl ich glaube, dass ich nicht mal als Teenager in einem Restaurant geknutscht habe.

Als die beiden Mädels zurückkamen, hatte sich die Atmosphäre zwischen uns geändert. Jetzt fühlte ich mich nicht nur von ihm angezogen, es hatte sich zwischen uns eine starke erotische Spannung aufgebaut.

Als wir zu Hause waren und Sarah bereits ins Bett gegangen war, habe ich ihn angerufen. Wir haben uns für den nächsten Vormittag verabredet, er meinte, es wäre kein Problem, Leah hätte sowieso Lust, ein wenig allein durchs KaDeWe zu streifen. „Solange sie meine Kreditkarte hat, wird sie mich nicht vermissen."

Sarah war mit ihrer besten Freundin Maria verabredet, so dass wir uns treffen konnten. Wir sind in seinem Hotelzimmer übereinander hergefallen wie zwei Verdurstende auf ein Wasserloch in der Wüste. Als Matthew und Leah am Abend zu uns kamen, war es wirklich so, als wären wir eine Familie.

Und Matthew machte einen tollen Vorschlag: „Warum fliegen wir nicht alle zusammen für eine Woche nach London?" Da Sarah bereits Ferien hatte und erst in der übernächsten Woche mit Chris und Sieglinde und ihren Geschwistern nach Schweden fahren sollte, lag es an mir.

„Bitte, Mama, bitte, bitte, bitte."

Ich schaute in meinen Terminkalender. Der Besuch in Paris musste nachbereitet werden, aber ansonsten gab es nichts, was ich nicht an eine Mitarbeiterin hätte delegieren können. Die Politik war in der Sommerpause, die großen Skandale schienen tief und fest zu schlummern, und die zwei Großevents, die ich für meinen Autokonzern in Vorbereitung hatte, waren konzeptioniert, durchverhandelt und beauftragt, so dass jetzt business as usual angesagt war. Ich wunderte mich über mich selbst, aber beschloss, dass ich eine Woche erübrigen konnte. Ich sagte also zu.

Liebes Tagebuch,

wir sind in London. Mit – halte dich fest – Matthew und Leah. Sie hat ein h hintendran. Steht so in ihrem Pass. Den habe ich gesehen bei der Einreise. Leah Turner. Und Matthew schreibt sich mit zwei t. Wir haben schon ganz viel zusammen unternommen. Heute waren wir Riesenradfahren. Dann sind wir mit dem Boot nach Greenwich gefahren und haben uns das Observatorium mit dem Nullmeridian angeschaut. Es hat die ganze Zeit geregnet. Ich liebe Bootfahren. Mama und Matthew treffen sich jeden Abend, wenn wir schon im Bett sind. Sie denken, dass wir nichts merken. Typisch Mama, sie hält alle anderen für blöd. Leah ist eifersüchtig auf Mama. Sie zeigt es aber nicht offen. Ich sehe es an ihren Augen. Leah ist so schön. Sie ist das schönste Mädchen, das ich je gesehen habe. Ich werde nie so schön sein wie Leah. Meine Nase ist viel zu groß. Leah hat eine ganz süße Stupsnase. Trotzdem will ich sie als Schwester haben. Leah könnte auf die amerikanische Schule in Berlin gehen. Da sprechen sie alle Englisch. Ich habe schon mal angefangen, mit Leah Deutsch zu sprechen. Bitte,

bitte, drück mir die Daumen für Mama und Matthew. Ich hoffe, dass Mama sich nicht wieder zu blöd anstellt. Papa hat sie ja auch verjagt.

Ich lasse Sarahs Tagebuch sinken, mir fallen endlich die Augen zu. In der Nacht habe ich einen Albtraum. Ich sitze hinter dem Steuer eines Wagens und jage eine schmale Straße entlang. Vor mir fährt ein anderes Auto, ich drängle, fahre nah auf, betätige die Lichthupe, will, dass mich der Fahrer überholen lässt, denn ich habe es eilig. Da sehe ich, dass es mein Mann ist, der am Steuer sitzt. Während ich ihn überhole, schiebe ich seinen Wagen von der Straße. Ich wache schreiend auf.

Dr. Donaths Praxis

„In der letzten Sitzung sagten Sie, dass Ihre Tochter sich als Kupplerin betätigt habe. Erzählen Sie mir davon."

Ich berichte Dr. Donath genau das, was ich am Abend in Sarahs Tagebuch gelesen habe. Und das, was mich am meisten verletzt hat. „Meine Tochter meinte, dass ich meinen ersten Mann verjagt hätte."

Die Donath sagt erst mal gar nichts. Sie schenkt mir ein Glas Wasser ein. Es hat einen Hauch Gurkenaroma. Wahrscheinlich muss sie nachdenken, wie sie das Thema angehen soll.

„Und was meinen Sie?", fragt Dr. Donath.

Ich zucke mit den Schultern. „Ich hatte zu wenig Zeit für ihn, da hatte sie schon recht."

„Hat Ihre Tochter Ihnen das vorgeworfen?"

„Nein, ich habe es anders erfahren." Die Tagebücher gehen Dr. Donath einen feuchten Kehricht an.

„Das hat Sie verletzt?"

„Nein", lüge ich, „natürlich nicht."

„Ihre Tochter ist immerhin bei Ihnen geblieben und ist nicht zu ihrem Vater gegangen. Wie alt war sie, als Sie Ihren zweiten Mann kennengelernt haben?"

„Sie war elf."

„Wie schafft man es, mit elf Jahren die Mama zu verkuppeln?", fragt sie lächelnd.

„Sie kennen meine Tochter nicht. Eine gewisse Raffinesse kann man ihr nicht absprechen, auch nicht, als sie erst elf Jahre alt war. Das kleine Mädchen konnte gut manipulieren."

Ich hänge gerade einem Gedanken nach, den ich noch nicht so richtig formulieren kann. Bei Sarah las es sich so, als ob ich überhaupt zu blöd sei, einen Mann an mich zu binden. Ich schüttle den Kopf, um den Gedanken zu verjagen. Er ist nicht gut. Gar nicht gut.

Ich erzähle also Frau Dr. Donath von der ersten Begegnung mit Matthew in Paris und unserem anschließenden Besuch in London.

Sie hört mir schweigend zu. Zum Schluss stellt sie noch eine Frage. „Und wie kamen Sie mit Matthews Tochter aus?"

„Das ist nicht so einfach", sage ich spontan. „Leah war ein scheues Mädchen, ruhig, in sich gekehrt. Aber dabei so unglaublich hübsch, dass man kaum die Augen von ihr lassen konnte."

„Wie alt war Matthews Tochter, als Sie sie kennenlernten?"

„Vierzehn."

„Und wie haben sich die beiden Mädchen verstanden?"

„Vom ersten Moment an gut. Sie waren nur drei Jahre auseinander, obwohl drei Jahre in dem Alter, nun ja, ein Quantensprung sind. Als wir die beiden kennenlernten, war Sarah noch ein Kind und Leah ein bildschönes junges Mädchen."

„Und wie stand Leah zu Ihrer Verbindung mit Matthew?"

„Sie war eindeutig dafür, jedenfalls theoretisch. In dieser Beziehung hat sie sich mit Sarah verbündet. Oder sich Sarah mit ihr. Als es dann geklappt hat“, ich muss an Sarahs Tagebuch denken, „war sie wohl ein wenig eifersüchtig, schließlich musste sie Matthews Liebe jetzt mit mir teilen.“

Frau Dr. Donath schaut dezent auf die Uhr, die hinter mir an der Wand angebracht ist. Aber ich sehe es genau, wenn sie kurz den Blickkontakt zu mir unterbricht und nach oben schaut. Sie scheint ein sehr gutes Gefühl für Timing zu haben, denn sie sieht meist nur ein paar Minuten, bevor die „Stunde“ um ist, nach oben.

Ich bin auch ein bisschen ungeduldig, denn heute habe ich mich entsprechend angezogen, um draußen meine Runde zu drehen. Am Vormittag hatte ich mir ein Paar neue Sneakers gekauft, die ausprobiert werden wollen. Frau Dr. Donath hat sie wohl wahrgenommen. Zum Abschluss der heutigen Sitzung zeigt sie darauf und sagt: „Viel Spaß beim Laufen.“

Aber eigentlich meint sie wohl Weglaufen. Es ist herrlich, einfach zu laufen. Außer Atem zu sein. Sich wieder zu spüren.

Die Väter

Nach einer Dusche und einem leichten, sehr frühen Abendessen verziehe ich mich auf den Balkon und nehme mir wieder Sarahs Tagebuch vor. Sie haben hier eine starke Lampe angebracht, in deren Licht ich mich zurück in unsere glücklichen Tage versetzen lassen kann.

Liebes Tagebuch,

yes! Es hat geklappt. Mama und Matthew haben heute geheiratet. Endlich sind wir eine richtige Familie. Papa und Sieglinde waren auch dabei. Und die Kids natürlich. Papa hat gesagt, er freut sich für Mama. Leah hat geheult auf dem Standesamt. Ich habe Blumen gestreut, und Mamas Freunde haben Konfetti geworfen. Wenn ich mal heirate, will ich ein weißes, langes Kleid mit Schleier. Und ich will in einer Kirche heiraten. Mama findet das albern. Ich finde das aber schöner. Mama heißt jetzt Martens-Turner. Matthew sah toll aus in dem dunklen Anzug. Er kriegt schon graue Haare. Nur ein paar an der Seite. Das sieht sehr gut aus. Hinterher waren wir mit allen Gästen in einer alten Fabrik. Da gab es Essen und wir haben getanzt. Mamas beste Freundin Lisa hat eine Rede gehalten. Die war lustig und nicht so langweilig wie die von der Frau auf dem Standesamt. Matthew und Leah haben keine Familie mehr in Amerika. Wir sind jetzt ihre Familie. Mein Beutekind, hat Matthew zu mir gesagt. Er hat mich in den Arm genommen. Matthew riecht sehr gut. Jetzt bin ich total müde. Ich musste den ganzen Tag auf die nervige Mathilde aufpassen. Jetzt habe ich zwei Familien. Die von Mama und die von Papa. Sieglinde bemüht sich, nett zu sein, aber sie ist nicht meine Mutter. Sie kümmert sich nur noch um Schreibaby Anton. Ich hätte Sieglinde niemals geheiratet. Aber Matthew schon. Matthew ist cool. Genauso cool wie Papa.

Ich lächle. Da war meine Kleine offensichtlich sehr glücklich, dass ihr Kuppelversuch so prompt geklappt hat. Niemand war überraschter als ich, dass ich tatsächlich einer schnellen Heirat mit Matthew zugestimmt habe. Wobei die Betonung auf schnell liegt. Von mir aus hätten wir nicht heiraten müssen. Aber es gab keine andere Möglichkeit, wenn Matthew und Leah in Deutschland bleiben wollten. So gesehen war unsere Hochzeit der Beginn einer Zweckehe. Knapp drei Monate, nachdem wir Matthew und Leah kennengelernt hatten, waren wir verheiratet.

Sarah war darüber begeisterter als ich. Aber es sprach auch einiges andere dafür, dass wir heirateten. Ich hatte nicht eine Sekunde vorgehabt, mein Leben zu ändern, das heißt, dass meine Arbeit und meine Firma auch weiterhin meinen Lebensrhythmus bestimmen würden. Wenn ich ganz ehrlich mit mir selbst war, hatte ich für einen ständigen Liebhaber einfach keine Zeit. Und noch weniger Zeit hatte ich dafür, mich aufzustrapsen, um einen ständigen Liebhaber überhaupt erst einmal zu finden.

Matthew träumte davon, in Deutschland zu leben, im Land der Dichter und Denker, wie er sich ausdrückte. Da seine Mutter die amerikanische Staatsangehörigkeit angenommen hatte, nutze es ihm nichts, dass Deutschland sein Mutterland war. Aber wovon willst du leben?, habe ich ihn gefragt. Als Amerikaner an einer deutschen Universität Germanistik und deutsche Literatur zu lehren, erschien mir eher aussichtslos.

Wie sich herausstellte, wollte er das auch gar nicht, er hatte die Nase voll davon, Studenten davon überzeugen zu müssen, dass Germanistik das spannendste Fach unter Gottes Himmel sei, wie er sich ausdrückte. Matthew wollte deutsche Literatur ins Englische übersetzen und Fachbücher über den einen oder anderen Schriftsteller schreiben. Das war es wohl, was mich davon überzeugt hat, dass unser Deal durchaus zukunftsfähig sein könnte. Denn Matthew würde von zu Hause aus arbeiten können und wäre für Leah und Sarah da. Ich hatte durchaus gemerkt, dass Sarah nicht mehr so gern bei ihrem Vater war, seit es Anton gab. Ich blättere zurück in Sarahs Tagebuch. Was hatte sie von der Familie ihres Vaters geschrieben?

Liebes Tagebuch,

jetzt habe ich auch noch einen Bruder. Papa hat Sieglinde heute aus dem Krankenhaus abgeholt. Ich musste in der Zeit auf Mathilde aufpassen. Die hat nur gequengelt. Am liebsten hätte ich ihr den Hals zugedrückt. Ich muss mich freuen, hat Papa gesagt. Worauf soll ich mich freuen? Auf ein Baby, das ständig schreit? Muss ich jetzt ständig auf Mathilde aufpassen, weil Mama und Papa sich um das Baby kümmern müssen? Mathilde nervt. Natürlich nicht so wie das Baby, das schreit und schreit und schreit. Und Sieglinde gibt mir nur noch Anweisungen. Sarah, mach dies, Sarah, mach das, Sarah, kannst du mir das bringen. Ich bin doch nicht ihr Au-pair-Mädchen. Ich will eigentlich nur meine Ruhe haben. Aber ich muss mich jetzt freuen.

Meine Tochter hatte sich zurückgesetzt gefühlt in der neuen Familie von Chris. Das begann bereits mit der Geburt von Mathilde, wurde mit Anton aber offensichtlich zu einem drängenden Problem. Ich weiß, dass Chris sich immer bemüht hat, alle Kinder gleich zu behandeln. Er hat einen ausgeprägten Gerechtigkeitssinn.

Dass Sarah Sieglinde nicht leiden konnte, habe ich geahnt. Gesagt hat sie es mir nie. Sie hat ihr übelgenommen, dass sie meine Situation ausgenutzt und mir Chris vor der Nase weggeschnappt hat. Wer will schon gern seine Klassenlehrerin als Mutter haben. Und – na ja, ich kann die Kuh auch nicht ausstehen. Aber das habe ich Sarah nie gesagt. Wie die Mutter, so die Tochter?

Mein Blick geht weit über den Chiemsee, auf dem nur noch einzelne Boote in der Abendflaute dümpeln. Die Silhouette der Berge wirkt im Abendlicht schwarz und bedrohlich.

Matthew. War es tatsächlich nur ein Deal, oder habe ich ihn wirklich geliebt?, frage ich mich. Auf jeden Fall habe ich ihn nicht so geliebt wie Chris.

Ich neige dazu, mir etwas vorzumachen. Aber es wäre keine Lüge, wenn ich sagen würde, dass ich total verknallt war in Matthew. Seit dem ersten Tag war ich wie weggetreten in seiner Gegenwart, es fühlte sich so verdammt richtig an.

Ich habe nie an Schicksal geglaubt, sondern bin davon überzeugt, dass jeder seines Glückes Schmied ist. Oder eben auch seines Unglückes. Was das meine hinreichend erklärt.

Ich allein bin schuld an all den „Ereignissen“, nicht das Schicksal oder der Zufall oder irgendeine Vorsehung. Ich, Michaela Martens, verheiratete Martens-Turner, bin ganz allein dafür verantwortlich. Weil ich eine schlechte Mutter bin. Und eine schlechte Ehefrau. Ich scheine nur im Job etwas zu taugen. Oder liegt es daran, dass der Job das einzige Terrain ist, auf dem ich mich sicher fühle?

Seit den Ereignissen suche ich nach einer Entschuldigung für mein Verhalten, nach etwas, was es erklärt. Ist das nicht der wahre Grund, warum ich hier bin? Ich erhoffe mir Absolution. Von Frau Dr. Donath. Und dann bitte mit Arztkittel. Ich will es von ihr hören: „Aber daran sind Sie doch nicht schuld." Ich will verdammt noch mal erlöst werden. Dafür bezahle ich dieses exklusive Irrenhaus, denn etwas anderes ist diese Kurklinik in meinen Augen nicht.

Es ist dunkel geworden. Und kalt. Fröstelnd krieche ich in mein Bett und ziehe mir die Decke über die Ohren. Irgendwann schlafe ich ein. Ich träume, dass ich in einem wunderschönen, langen, weißen Kleid mit einem langen Schleier und einem Blumenbouquet in der Hand vor einer Kirche stehe und warte, dass ich hineingeführt werde. Aber dann stelle ich fest, dass nicht ich heirate, sondern dass Sarah gerade getraut wird. Ich wache schweißgebadet auf.

Therapiesitzung

„Sie haben also Ihren Matthew geheiratet."

Ich berichte Frau Dr. Donath von unserer überstürzten Hochzeit. Und dann erzähle ich ihr von meinem Albtraum in der vergangenen Nacht.

„Was glauben Sie, was das bedeutet?", fragt sie mich.

„Das frage ich mich auch schon den ganzen Tag. Vielleicht, dass ich wegen Sarah so schnell wieder geheiratet habe, könnte das sein?"

„Haben Sie das?"

„Ich glaube nicht. Natürlich hätten wir von mir aus gar nicht heiraten müssen, aber Matthew brauchte einen Aufenthaltstitel, wenn er in Deutschland bleiben wollte. Ohne den hätte auch Leah nicht hier in die Schule gehen dürfen. Da mein Mann aber keinen Anstellungsvertrag hatte, war eine Heirat die einfachste Lösung."

„Sarah scheint ja ein sehr entschlossenes Mädchen zu sein. Sie sagten, dass Matthews Tochter Ihre Heiratsabsichten zwar im Duett mit Sarah vorangetrieben hat, aber dann doch ein wenig eifersüchtig war. Wie hat sich das denn geäußert?"

„Gar nicht so offensichtlich", sage ich und denke wieder

an Sarahs Tagebuch. Ich jedenfalls hatte bei meiner Stieftochter nichts von Eifersucht bemerkt. „Sie war sehr introvertiert. Hat alles mit sich selbst abgemacht", sage ich.

„Das Mädchen hatte doch einiges zu bewältigen, und das in einer sowieso schwierigen Entwicklungsphase."

„Sie schien sich auf Deutschland, auf ihre neue Schule und all das zu freuen. Sie wollte nicht einmal mit in die USA, als Matthew nach Portland geflogen ist, um das Haus zu verkaufen. ‚Was soll ich da?', hat sie gesagt. ‚Da werde ich nur traurig.'"

„Sie hat also Amerika vermisst?"

„Ja, ich glaube schon. Sie wirkte oft traurig, in sich gekehrt. ‚Hast du Heimweh?', habe ich sie dann gefragt. Dann hat Leah nur stumm den Kopf geschüttelt."

„Ich kann mir Leah nach Ihren Schilderungen gar nicht vorstellen. Außer, dass sie schön ist. Und in sich gekehrt. Das kann doch nicht alles gewesen sein? Wie war Leahs Verhältnis zu ihrem Vater?"

„Als wir die beiden kennenlernten, schien Leah ihren Vater anzuhimmeln. Sie war eindeutig ein Vaterkind, was natürlich klar ist, wenn die Mutter verstorben ist. Je älter sie wurde, desto distanzierter wurde sie ihrem Vater gegenüber."

„Ist das nicht normal bei Jugendlichen?"

„Ich weiß es nicht. Es kam mir so vor, als ob sie sich immer weiter von ihm entfernte."

„Haben Sie darüber mit Matthew gesprochen?"

„Nur indirekt. Ich wollte ihm nicht wehtun. Er schien mir darüber auch sehr betrübt zu sein."

„Haben Sie Leah mal darauf angesprochen?"

„Nein. Wie Sie schon richtig bemerkt haben, habe ich zu Leah keinen emotionalen Zugang gefunden. Wir waren höflich miteinander, nein, das ist zu wenig, wir waren lieb zueinander. Aber das war es auch. Sie ist mit ihren Sorgen nicht zu mir gekommen. Sie hat ihre Sorgen mit Sarah besprochen."

„Das Mädchen hat doch sicher seine Mutter vermisst. Sie sagten, sie sei bei einem Autounfall ums Leben gekommen?"

„Ja, anderthalb Jahre, bevor ich die beiden kennengelernt habe. Wir haben den Unfall ihrer Mutter nie thematisiert, ich habe mit Leah auch nie über ihre Mutter gesprochen. Sie hat das mit sich und – wie ich hoffte – mit ihrem Vater ausgemacht. Das frühere Leben der beiden ging mich nichts an, fand ich."

„Haben Sie mit Sarah versucht, über Leah zu reden?"

„Natürlich. Aber sie hat bei dem Thema Leah komplett dichtgemacht. Die haben zusammengehalten wie Pech und Schwefel, Sarah gab mir zu verstehen, dass mich das nichts anging. Sarah hatte zu Leah ein viel besseres Verhältnis als zu Anton und Mathilde, ihren beiden Halbgeschwistern."

Ich schaue aus dem Fenster in die Kastanie, die von Tag zu Tag brauner zu werden scheint. Am Morgen hatte ich mir Sarahs zweites Tagebuch vorgenommen. Mein kleines Mädchen schien mir glücklich zu sein, endlich eine große Schwester bekommen zu haben.

Aus Sarahs zweitem Tagebuch

Liebes Tagebuch,

wir waren heute mit den Rädern im Strandbad Wannsee. Leah ist nicht ins Wasser gegangen. Sie hat sich davor geekelt. Leah hat noch nie in einem See gebadet. Obwohl sie direkt an einem See gewohnt hat. Sie hatten sogar ein eigenes Boot. Man badet nur im eigenen Pool! Das hat sie echt gesagt. Früher hatte Leah einen eigenen Pool. So was will ich auch haben. Morgens vor der Schule noch ein bisschen schwimmen, das muss toll sein. Wir haben Eis gegessen und uns in einen Strandkorb gelegt. Leah fand den Strandkorb auch eklig. Er hat wirklich ein bisschen nach Stinkefüßen gerochen. Sie hat mir von Portland erzählt. Dort gibt es zwei riesig breite Flüsse. Den Columbia River und noch einen, von dem ich den Namen vergessen habe. Und schneebedeckte Berge, obwohl es ganz warm ist. Das muss toll sein. Und die Autos fahren übereinander auf zweistöckigen Autobahnen. Ich will unbedingt mal nach Portland. Wir könnten ja im Urlaub hinfliegen. Aber Matt meint, das macht Leah nur traurig. Ich habe sie nur einmal nach ihrer Mama gefragt. Da wollte sie gar nicht mehr aufhören zu heulen. Deshalb frage ich nicht mehr. Wenn ich aus Berlin wegmüsste, hätte ich bestimmt auch Heimweh. Wir haben uns beide einen Sonnenbrand ge-

holt. Obwohl Leah uns mit einem Sunblocker eingerieben hat. Sie ist echt voll die Amibraut. Wir haben dann zufällig zwei Jungs von der Kennedy-Schule aus ihrem Jahrgang getroffen. Den einen fand ich echt süß, aber Leah wollte dann ganz schnell weg. Wir sind zum Burger King geradelt und haben uns Double Halloumi Kings reingezogen. Leah findet die megalecker. Aber Leah ist ja auch ein Veggie. Ich finde Tiereessen auch abartig. Aber richtige Burger mag ich lieber.

„Und wie funktionierte Ihre neue Familie?“, reißt mich Dr. Donath aus meinen Erinnerungen an Sarahs Tagebucheintrag.

„Seltsam harmonisch. Es war, als hätten wir alle unsere Bestimmung gefunden. Sarah verbrachte kaum noch Zeit bei Chris und Sieglinde. Stattdessen hatte sie jetzt ihre eigene Familie mit einer Schwester, die sie anbetete.

Sarah hat Leah an die Hand genommen und sie in das Leben in Deutschland eingeführt. Wir hatten Leah auf der amerikanischen Schule in Berlin angemeldet, wo sie ihr Abitur machen konnte. Sarah wurde nicht müde, Leah Deutsch beizubringen, was dazu führte, dass das Mädchen ziemlich schnell richtig gut Deutsch sprach. Auf der anderen Seite war Leah Sarahs großes Vorbild. Sie wollte auch so schön werden wie sie.“

„War das kein Anlass für negative Gefühle? Sarah war nicht so schön wie Leah, oder?“

„Solange Sarah noch eindeutig kindlich war, bewunderte

sie Leah. Sie wollte so aussehen, so angezogen sein, so sprechen, sie kopierte ihre Schwester in Bewegungen, Augenaufschlag. Was Leah gut fand, fand auch Sarah gut."

„Später gab es dann Probleme?", fragt Dr. Donath.

„Als Sarah in die Pubertät kam, fühlte sie sich – wie die meisten Mädchen in ihrem Alter – hässlich. Jeder Pickel wurde zum nationalen Unglück stilisiert."

„Und ihr wurde klar, dass sie niemals so schön sein würde wie ihre Stiefschwester?"

„So könnte man das ausdrücken. Sie versuchte das mit immer neuen Klamotten zu kompensieren."

„Die Sie ihr kauften?"

„Oh, oh, da gab es Kämpfe. Sie hatte es sich angewöhnt, mit Leah einkaufen zu gehen. Was Leah gefiel, wollte sie haben. Allerdings wollte sie immer Sachen, die eindeutig nicht für dreizehnjährige Mädchen angefertigt worden sind. Sie wollte unbedingt ihre weiblichen Reize in Szene setzen und übertrieb dabei, wie so viele Mädchen in diesem Alter."

„Man musste sie also stoppen", stellt Frau Dr. Donath fest.

„Stoppen Sie mal einen Maulesel. Matthew hasste es, einkaufen zu gehen. Er überließ das Shoppen Leah. Die bekam für beide Mädchen ein Budget. Und ich hatte wirklich was Besseres zu tun, als mit zwei Teenagern durch die Boutiquen zu streifen."

Der Blick von der Donath spricht Bände: Du bist schuld.

„Ich musste ja das Geld dafür verdienen", rudere ich zurück.

„Matthew verdiente kein Geld?"

„Doch, doch, sogar schneller als erwartet. Aber natürlich habe ich immer mehr Geld verdient als er, das war von vorneherein klar. Ich habe ja auch mehr Geld verdient als Chris, also das war nie ein Problem zwischen uns."

„Sie sagten, es gab Kämpfe?"

„Ja, ich habe ihr teilweise verboten, die Sachen anzuziehen. Wir haben uns oft angeschrien. Dazu hatte sie sich angewöhnt, Make-up zu benutzen. Was sage ich, Make-up, es war mehr eine Kriegsbemalung."

„Sie haben ihr das verboten?"

„Was macht man mit einer Dreizehnjährigen, die sich ohne Erlaubnis ein Bauchnabelpiercing hat stechen lassen und am liebsten in bauchfreien Tops und mit dramatisch umrandeten Augen in die Schule gehen will?"

„Was haben Sie gemacht?"

„Na, was wohl. Das, was jede Mutter macht: Vorschriften. Die sie nicht akzeptieren wollte. Ich habe mich mit Matthew darüber gestritten. Er meinte, das würde sich legen, ich solle mich nicht so aufregen. Auch Sarahs Vater fand das ganz normal. Bei ihm fing bezüglich der Erziehung von Sarah inzwischen jeder Satz mit ‚Sieglinde meint' an."

„Sie fühlten sich mit Ihrer Meinung allein gelassen. Sarah zusammen mit dem Rest der Welt gegen Sie?"

„Nein." Ich merke selbst, dass sich das anhörte wie ein Pistolenschuss. „Ich habe ein Wellness-Weekend nur für Sarah und mich in einem Luxushotel gebucht. Und an diesen beiden Tagen habe ich versucht, ihr klarzumachen, dass Schönheit immer im Auge des Beschauers liegt. Und dass es Wichtigeres im Leben einer Frau gibt."

„Und das hat sie Ihnen geglaubt?"

„Natürlich nicht. Ich wüsste ja gar nicht, wovon ich rede."

„Und das hat Sie nicht verletzt?"

„Nein. Es hat mich entsetzt. Bis zu diesem Zeitpunkt hatte ich geglaubt, dass ich meiner Tochter vorgelebt hätte, wie man als Frau autark und erfolgreich sein kann. Und ich hatte gehofft, dass ich ihr einiges von meinen Werten mitgegeben hätte."

„Was sind Ihre Werte?"

„Anständigkeit. Bildung. Können. Charme."

„Was meinen Sie mit Anständigkeit?"

„Dass man Verantwortung für sich und für andere hat und übernimmt. Dass man zu seinem Wort steht."

„Sie meinten das also nicht in Bezug auf Sex?"

„Nein, wie kommen Sie denn darauf? Ich habe versucht, meiner Tochter zu erklären, dass es wichtiger ist, wie ein Mensch denkt und sich verhält, als Schönheit. Dass Charme, Humor, Einfühlungsvermögen und Authentizität für andere mehr zählen als ein schönes Gesicht."

„Es hat nicht viel geholfen?"

„Es hat überhaupt nicht geholfen. Meine süße kleine Sarah verunstaltete sich weiterhin und glänzte mit Ruppigkeit."

„Wie hat Leah darauf reagiert?"

„Sie hat sie geneckt. Ich glaube, Leah fand Sarah einfach lustig."

„Wie war das denn mit Leahs Einfühlungsvermögen und Authentizität?"

„Man merkte, dass sie eine amerikanische Erziehung genossen hatte."

Sarahs drittes Tagebuch

Direkt nach dieser Sitzung gehe ich in mein Hotelzimmer und ziehe Sarahs drittes Tagebuch aus dem Koffer. Das Weekend allein mit meiner Tochter in der Großen Bleiche im Spreewald war mir während der Therapiestunde wieder eingefallen. Ich hatte ihr eine Kosmetikbehandlung spendiert, wir haben zusammen im Hamam gelegen und uns ein orientalisches Reinigungsritual gegönnt.

Liebes Tagebuch,

meine Mutter hat mich zu einem Wochenende mit ihr im Spreewald verdonnert. Was soll ich denn mit der ein ganzes Wochenende? Mitten in der Pampa? Allein der Gedanke an Sauna ödet mich an. Da sind doch nur Tattergreise. Ich habe ja geahnt, dass sie mir irgendwas unterjubeln will. Erleben Sie eine Reise in den Orient, stand im Hotelprospekt. Ein Fest für Körper, Geist und Seele. Eine Reise nach Marrakesch wäre mir lieber gewesen. Das Ganzkörperpeeling mit Seidenhandschuh hat Mama dazu benutzt, mir zu erklären, dass es egal ist, wie man aussieht. Klar, dass sie das glaubt. So wie die immer rumläuft. Voll die Oma. Allerdings verstehe ich dann nicht, warum sie so ausgeflippt ist, als sie mein Tattoo gesehen hat. Das ist doch unlogisch. Erst hält sie mir lange Vorträge von wegen egal, und dann kriegt sie einen Tobsuchtsanfall wegen eines Schmetterlings. Matt fand es mega. Gegen die Seifenschaummassage hätte ich ja nichts. Von einem süßen Marokkaner vielleicht. Aber bitte nicht von so einer pickligen Tussi, die nach Pfefferminze stinkt. Warme Güsse, kalte Güsse, und danach liegst du eingewrappt rum und musst Früchtetee trinken. Das Frühstück gab es auf dem Kahn, der uns durch den Spreewald geschippert hat. Hammer! Schade, dass Matt nicht dabei war.

Schade, dass Matt nicht dabei war. Von Leah ist keine Rede mehr, denke ich. Wann ist Leah auf der Strecke geblieben? Ich blättere die Seiten zurück, überfliege die Monate. Im Februar hatte sie noch Folgendes geschrieben:

Liebes Tagebuch,

Leah hat ein ganz süßes Tattoo auf der Schulter. So eins will ich auch. Aber Leah will das nicht bezahlen. „Das ist zu teuer, frag deine Mutter." Mama brauche ich gar nicht erst zu fragen. Die flippt voll aus. Ich habe Matt gefragt. Er fand das eine gute Idee. Er hat mich sogar ins Tattoostudio begleitet. Er hat gesagt: Aber nicht deiner Mutter sagen. Jetzt haben wir ein

Geheimnis miteinander. Leah war trotzdem sauer. Ich glaube, sie ist eifersüchtig, weil Matt mir auch ein Tattoo spendiert hat. Das ist sexy, hat er gesagt.

Ich kann es nicht glauben! Matt hat meiner dreizehnjährigen Tochter erlaubt, sich tätowieren zu lassen, und die Session sogar bezahlt? Ja, ich hätte einen Tobsuchtsanfall bekommen.

Aber es kam noch schlimmer. Ich überfliege die Seiten, bis ich zu dem denkwürdigen Tag komme, an dem meine Tochter mir das Bauchnabelpiercing präsentierte.

Liebes Tagebuch,

ich muss dir unbedingt ein Geheimnis anvertrauen. Ich habe mir ein Bauchnabelpiercing stechen lassen! Es war gar nicht so einfach, so etwas zu bekommen. Der erste Piercer hat mir gesagt, wenn ich unter sechzehn bin, macht er es nicht. Ich war mit Leah in drei Läden. Es war ihre Idee. Leah hat eins bekommen. Aber nur mit der schriftlichen Erlaubnis von Matt. Das ist so ungerecht, Mama würde mir das niemals erlauben. Und wieso muss ich sechzehn sein? Aber Bestie Marie erwies sich als rettender Engel. Sie hat sich von ihrem Cousin ein Bauchnabelpiercing stechen lassen. Der will später mal ein Studio eröffnen. Ich habe so lange gebettelt, bis sie ihren Cousin gefragt hat. Ich habe ihm hundert Euro dafür angeboten, von meinem Vorrat, den ich Mama zehnerweise aus dem

Portemonnaie genommen habe. Die checkt das nie. Da hat er es gemacht. Es hat gar nicht so wehgetan, wie Dramaqueen Marie behauptet hat. Ich habe jetzt einen ganz süßen Anhänger mit einer Banane auf dem Bauch. Den darf ich nicht rausnehmen, damit das Loch nicht wieder zuwächst oder sich entzündet. Er hat mir Desinfektionsmittel mitgegeben. Schätze, Mama kriegt die Krise.

Ja, die habe ich tatsächlich gekriegt, denke ich. Vor allem, als Sarah eine böse Entzündung am Bauchnabel bekommen hat. Ich habe damals gedacht, dass sie sich das Ding nur hat stechen lassen, um mich zu ärgern. „Reg dich ab", hat Matthew gesagt, „sie ist in der Pubertät, da sind die Mädchen so."

„Ich war so nicht, auch nicht mit dreizehn", habe ich gesagt. Und das stimmte. „Schon mit dreizehn habe ich immer versucht, die Beste zu sein."

„Liebe, my Darling", hat Matthew gesagt, „kann man sich nicht erarbeiten."

Komisch, dass mir dieser Satz heute einfällt.

Der Anruf

Während ich unter der Dusche stehe, klingelt mein Telefon. Ich schnappe mir ein Handtuch und gehe tropfend zum Schreibtisch, wo ich meine Kommunikationszentrale aufgeschlagen habe. Als ich im Spiegel meine Wasserspur sehe, muss ich über mich selbst den Kopf schütteln. Wieso habe ich eigentlich nicht das Telefonklingeln ignoriert, die Quatsche hat einen Anrufbeantworter, und ich kann immer zurückrufen. Aber ich bin auf SOS-Anrufe von Kunden gepolt, diese Angewohnheit kann ich nicht ablegen. Dabei habe ich meinen Mitarbeitern streng verboten, mich hier anzurufen, und mein Firmenhandy habe ich gleich zu Hause gelassen.

Als ich die Nummer des Anrufers sehe, schrecke ich zusammen. Schon wieder schlechte Nachrichten?

„Hallo, Chris“, sage ich. Ich höre selbst, wie verhalten meine Stimme klingt.

„Wollte doch mal hören, wie es dir ergeht in deinem Versteck“, sagt er. Er klingt fröhlich, dabei weiß ich, dass das aufgesetzt ist.

„Es geht so.“

„Und wie bekommt dir die Therapie?“

„Ich weiß noch nicht", gebe ich zu.

„Wie ist er denn so, dein Therapeut?", fragt Chris.

„Es ist eine Therapeutin, Frau Dr. Donath. Sie ist ganz nett."

Chris weiß, dass *ganz nett* bei mir ein Euphemismus für zahnlos ist.

„Sie hilft dir nicht?"

Was für eine Frage, ausgerechnet von Chris.

„Ich weiß es noch nicht", sage ich. Und frage: „Bedeutet dein Anruf, dass es Neuigkeiten gibt?"

„Nein."

Ich atme einmal tief durch. Was hatte ich erwartet, die nächste Hiobsbotschaft?

„Was hältst du davon, wenn ich dich am Wochenende besuche?"

„Mit oder ohne Familie?" Auf Sieglinde habe ich so überhaupt keine Lust.

„Allein."

„Dann freue ich mich. Soll ich dir ein Zimmer reservieren lassen?"

„Ja, ich würde Freitagabend kommen."

„Ich versuche es und melde mich."

Nachdem ich das Gespräch beendet habe, rufe ich über das Haustelefon die Zimmerreservierung an. Sie haben noch ein Zimmer frei für Freitag bis Sonntag.

„Buchen Sie es bitte auf den Namen Martens", sage ich. Mit Erstaunen stelle ich fest, dass ich fast so etwas wie einen Anflug von Freude empfinde. Ich schicke Chris eine WhatsApp: *Alles klar. Komm.*

Inzwischen bin ich trocken, im Gegensatz zu dem Hotel-Sesselchen und dem Boden unter mir, wo sich eine kleine Pfütze gebildet hat. Der Anruf, denke ich, der Anruf von Chris hatte alles ins Rollen gebracht. Während ich mir die Haare föhne, gehen meine Gedanken zurück in jene unglückselige Nacht, in der das Drama zum Sprung ansetzte:

Chris war mit seiner Familie im Urlaub im Nordwesten der USA in einem Badeort am Pazifik. Ich entsinne mich fast wörtlich an dieses Telefonat:

„Hi“, hat er gesagt, „hier ist Chris.“

„Chris, ist was passiert?“

„Nein, bei uns ist alles okay. Es ist wunderschön hier. Der Strand ist gigantisch, wir wohnen in einem lustigen Hotel mit lauter kleinen Holzhäuschen, und überall hoppelt es.“

„Wieso hoppelt es?“ Ich hörte nur mit halbem Ohr hin, da ich in der Firma war und meine Buchhalterin direkt vor meinem Schreibtisch stand.

„Die haben hier in Cannon Beach Tausende von freilaufenden Kaninchen, die helfen wohl dem Grünflächenamt beim Rasenmähen. Hör mal, ich habe gestern Abend etwas im lokalen Fernsehen gesehen, was mich ein wenig verstört hat.“ Seine Stimme hat sich verändert. „Bist du allein?“

„Nein“, sagte ich und gab meiner Buchhalterin zu verstehen, dass wir später miteinander reden würden. Nachdem sie die Tür hinter sich geschlossen hatte, fragte ich: „Und, was ist, was hat dich verstört, ich dachte, ihr macht Urlaub.“

„Machen wir auch, aber du kennst mich, ich zappe abends im Hotel gern durch die Fernsehkanäle. Und was soll ich dir sagen, ich bleibe bei so einer Sendung hängen, die ein bisschen so etwas ist wie bei uns *Aktenzeichen XY … ungelöst*. Du weißt ja, dass in den USA auf jedem Kanal ständig True-crime-Sendungen laufen."

„Ja, und was hat dich da jetzt verstört?", fragte ich und blickte auf die Uhr, mein Kunde würde in einigen Minuten zu einer Besprechung eintreffen.

„Sie haben ein Bild von Leah gezeigt."

„Sie haben was? Quatsch. Unmöglich."

„Doch, sie haben ein Bild von Leah gezeigt, so wie sie ausgesehen hat, als Matthew und du geheiratet haben. Sie haben gesagt, das Mädchen heißt Emily Mitchell und ist vor drei Jahren spurlos verschwunden. Jetzt wäre sie siebzehn."

„Tausende Mädchen sehen in den USA aus wie Leah. Sie entspricht nun mal zu hundert Prozent dem amerikanischen Schönheitsideal, unsere kleine Beauty-Queen."

„Aber Tausende Mädchen kommen nicht aus Portland, Oregon und sind vor drei Jahren spurlos verschwunden. Und Tausende Mädchen haben auch kein niedliches, kleines Muttermal unter dem rechten Auge."

„Aber Leah heißt nicht Emily, sie ist mit ihrem Vater hier, also ich verstehe nicht, was dich da jetzt verstört hat", tat ich das Gehörte ab.

„Ihr habt sehr schnell geheiratet, was weißt du von Matthew aus seiner Zeit in den USA?"

„Hör mal, Schätzchen. Mein Kunde kommt gleich, aber du weißt, dass ich weder naiv noch blöd bin. Natürlich habe ich mich über Matthews Background schlaugemacht, bevor wir geheiratet haben."

„Ich weiß, dass du nicht blauäugig in diese Ehe gegangen bist. Aber diese Ähnlichkeit ist frappierend. Ich bin auf die Seite des Senders gegangen, ich schicke dir mal den Link zu dem Foto von Emily rüber, sie ist auf der Seite abgebildet."

In dem Moment hörte ich, dass mein Kunde in großer Besetzung von meiner Sekretärin ins Konferenzzimmer geleitet wurde. Sie waren zu siebt gekommen, ich musste mich also dringend darum kümmern. Deshalb bedankte ich mich bei Chris und legte auf.

Im Konferenzraum war alles vorbereitet, zwei meiner Mitarbeiterinnen saßen bereits am Tisch und hatten für Kaffee und Getränke gesorgt. Der Termin war als „Brainstorming" für eine neue Kommunikationskampagne vom Kunden angesetzt gewesen. Nach knapp zwei Stunden war uns klar, dass der Kunde von uns ein Briefing für die Ausschreibung einer neuen Werbekampagne erwartete. Umsonst, natürlich.

Während der Konferenz spürte ich ein eigentümliches Ziehen in der Magengegend, was bei mir ein untrügliches Zeichen dafür war, dass irgendetwas gar nicht in Ordnung war.

Als der Kunde endlich gegangen war, setzte ich mich an den Computer. Chris hatte mir einen Link geschickt vom TV-Sender Oregon Public Broadcasting, der zu dieser Sendung führte. Ich klickte mich durch. Unter der Überschrift „Wo ist Emily?" schaute mich ein bildschönes junges Mädchen an. Leah.

Praxis für Psychotherapie am Chiemsee

Eigentlich möchte ich heute nicht zu Frau Dr. Donath. Die Erinnerungen an Chris'Anruf aus Oregon und die darauffolgenden Geschehnisse sind so überwältigend, dass ich nicht weiß, wie ich das alles einsortieren soll. Ich muss meine gesamte Selbstdisziplin aufbringen, um doch in die Sprechstunde zu gehen. Und genau das sage ich der Donath auch zur Begrüßung.

„Warum ist es Ihnen heute so schwergefallen, hierher zu kommen?", fragt sie mich.

„Mein Exmann hat angerufen, er wird mich am Wochenende besuchen."

„Freuen Sie sich darauf?", fragt Dr. Donath. Ach nein, Mädel, denke ich, du bist auf dem falschen Dampfer.

„Ja", sage ich. „Und das erstaunt mich."

„Wieso?"

„Weil es Erinnerungen wachruft, mit denen ich nicht klarkomme."

„Erinnerungen an Ihre Ehe?"

„Erinnerungen an die schlimmste Zeit meines Lebens."

„Sind Sie deshalb hier?"

„Ja", gebe ich zu.

Die Donath nickt. „Frau Martens, bitte glauben Sie nicht, dass ich nicht wüsste, wen ich vor mir habe. Ich lese auch Zeitungen."

Ach. Und ich habe gedacht, dass sie nicht ahnt, was mich zu ihr getrieben hat.

„Na dann. Alles hat mit Chris' Anruf begonnen. Er hatte in den USA ein Bild im Fernsehen gesehen, das ein vermisstes Mädchen zeigte. Dieses Mädchen war eindeutig Leah."

„Inwiefern war es eindeutig?"

„Leah ist eine Schönheit mit einem winzigen, kaum wahrnehmbaren Makel: Sie hat ein kleines Muttermal unter dem linken Auge. Wie viele Mädchen, glauben Sie, sind vierzehn Jahre alt, kommen aus Portland und sehen Leah nicht nur ähnlich, sondern haben ein winziges, kaum wahrnehmbares Muttermal. Das Bild zeigte eindeutig Leah. Allerdings wurde dieses Mädchen gesucht als Emily Mitchell."

„Was haben Sie gemacht, als Sie das erkannt haben?"

„Ich habe zunächst zu Hause angerufen, um zu sagen, dass es bei mir später wird. Als Leah am Telefon war, habe ich einen Testballon steigen lassen. Einer spontanen Eingebung folgend fragte ich: ‚Emily?'

‚Ja', sagte sie.

Wie in Trance habe ich aufgelegt."

„Und dann, was haben Sie dann getan?"

„Ich wusste nicht, was ich tun sollte. Leah war nicht Leah. Aber wer war Emily? Und wie kam mein Mann dazu, sie als seine Tochter auszugeben? Oder hatte sich Leah einfach verhört. Hatte ich genuschelt am Telefon? Ich raufte mir die Haare. Ganz ruhig, Ela, das wirst du klären, sagte ich mir."

„Hatten Sie sich denn vor Ihrer Heirat nicht über Ihren zukünftigen Ehemann informiert?"

„Oh doch, ich hatte sogar sehr sorgfältig recherchiert, bevor ich zugesagt habe, Matthew zu heiraten. Ich habe die Bilder seiner Frau gesehen und die Zeitungsartikel über ihren Autounfall, er hat mir Fotos von seinem Haus gezeigt, das er nach unserer Heirat verkauft hat. Er hat Fotoalben mitgebracht von Leahs Kindheit. Ich habe seine berufliche Vita überprüft. Seine Angaben haben allen Überprüfungen standgehalten."

„Sie waren wie vor den Kopf geschlagen?"

„Natürlich. Das konnte doch alles nicht stimmen. Ela, habe ich mir gesagt, du wirst jetzt hysterisch. Es ist eine zufällige Ähnlichkeit. Aber warum hat Leah sich bei dem Namen Emily angesprochen gefühlt?"

„Sie waren gar nicht auf den Gedanken gekommen, Leah zu überprüfen?"

„Ganz genau. Warum hätte ich das auch tun sollen? Und das holte ich nun an diesem Abend nach. Leah hatte offensichtlich auch in den USA keinen Facebook-Account. Sie möge Facebook nicht, hatte sie mir verraten. Dafür hat sie einen Twitter-Account und ein Instagram-Profil, auf dem sie Livestyle-Fotos postet. Was sie gegessen hat und Sehenswürdigkeiten von ihren Reisen und jetzt aus Berlin. Das einzige Bild von ihr selbst, das ich gefunden habe, ist ein Selfie mit ihrer besten Freundin.

Die beste Freundin ist ebenso hübsch, ebenso blond, hat ebenso makellos weiße Zähne. Sie könnte ihre Schwester sein. Kein Name."

„Und dann haben Sie vermutlich Emily Mitchell gegoogelt?", fragt sie.

„So ist es. Google bekam fast einen Schluckauf. Es muss Hunderttausende Emily Mitchells geben. Ich klickte auf Bilder. Da gab es junge und alte, hübsche und hässliche. Es gab einen YouTube-Star, eine britische Schriftstellerin, Rechtsanwältinnen und ein vermisstes Mädchen: Emily Mitchell. Die Fotos führten zu einem alten Facebook-Profil, zu der Website ihrer Eltern, zu Suchmeldungen und Polizeinachrichten.

Emily Mitchell verschwand am siebzehnten Juni, also knapp drei Wochen, bevor ich Matthew und Leah in Paris kennengelernt habe, am letzten Schultag vor Ferienbeginn in Portland.

Die Website ihrer Eltern brach mir das Herz. Sie haben ein Video aufgenommen mit einer verzweifelten Botschaft: ‚Emily, bitte melde dich!' Einmal im Jahr haben sie Computersimulationen anfertigen lassen: So könnte Emily heute aussehen. Sie waren erschreckend realistisch. Unter der Überschrift ‚Wer hat unsere Emily gesehen' haben sie Fotos von Emilys Schule, von Emilys Schulweg, von Emilys Zimmer veröffentlicht. Emily als Cheerleader, Emily als Spiderwoman an Halloween, Emily auf dem Rücken eines Pferdes, Emily im Urlaub auf Hawaii."

Bis dahin hat Dr. Donath mich reden lassen. Jetzt unterbricht sie mich: „Eine Vierzehnjährige kann doch nicht einfach so verschwinden. Es sei denn, es liegt ein Verbrechen vor.“

„Das war auch mein erster Gedanke. Hatte Matthew Emily entführt? Konnte das sein? Aber was war dann mit Leah? Und wo war Leah? Denn dass Matthew eine Tochter namens Leah hatte, war ja verbrieft. Oder wie sollte er sonst an einen Pass und ein Visum für Europa kommen?“

„Sie standen unter Schock“, vermutet die Donath. „Und wussten nicht, wie Sie darauf reagieren sollen?“

„Ich hatte keine Ahnung, was ich tun sollte. Matthew zur Rede stellen? Die Polizei anrufen? Emilys Eltern kontaktieren?“

„Das Ganze brach offenbar aus heiterem Himmel über Sie herein, ich hatte bisher verstanden, dass Sie eine recht gute Beziehung hatten.“

„Grundsätzlich habe ich Matthew vertraut, er hatte sich als zuverlässig und umgänglich erwiesen. Wir führten das, was ich eine harmonische Ehe nennen würde. Bis zu diesem Anruf hatte ich geglaubt, dass unser Parisbesuch das große Glück meines Lebens gewesen wäre.“

„Das alles stürzte an diesem Abend zusammen wie ein Kartenhaus. Wie sind Sie damit umgegangen?“

„Mir wurde übel, das dürfen Sie mir glauben. Ich dachte nur: Sarah. Sie befand sich in der Obhut von Matthew. Meine inzwischen vierzehnjährige Tochter liebte ihren Stiefvater, der im Gegensatz zu mir jeden Tag zu Hause war und sich um unsere beiden Mädchen kümmerte. Genau, wie er gesagt hatte, hatte er sich Übersetzungsjobs bei Verlagen besorgt und bereits sein zweites eigenes Buch veröffentlicht. Matthew hatte genug Selbstdisziplin, neben Haushalt und der Betreuung der Mädels seinen Beruf auszuüben. Wenn etwas für Sarah zu erledigen war, dann war Matthew zur Stelle, er ging zu Elternabenden und begleitete sie zum Arzt, er brachte sie zum Tennisunterricht und fuhr sie zur Schule."

„Sie hatten Angst, dass er auch Sarah entführen würde?"

„Ich hatte keine Ahnung, was er machen würde, plante oder überhaupt getan hatte. Aber eins war mir klar: Ich musste dringend nach Hause und Sarah in Sicherheit bringen.

Sie hatte nicht mit ihrem Vater, Sieglinde und den Kids in die USA fahren wollen, stattdessen war ein Urlaub mit Leah und Matthew in der Provence geplant, wo ich für uns alle ein Haus gemietet hatte. Die drei sollten vorfahren, und ich würde, sobald mein Job es zuließ, nachkommen.

Doch ich konnte meine Tochter auf keinen Fall mit einem Mann und einem Mädchen zusammen nach Frankreich fahren lassen, wenn nicht klar war, ob der Mann das Mädchen entführt hatte oder vielleicht alles nur eine Verkettung unglücklicher Umstände, eine Art optische Täuschung war. Allerdings sagte mir mein Bauch, dass ich eine Bombe ausgegraben hatte und, wenn ich nicht aufpasste, das Ding explodieren würde."

Ich sehe den berühmten Blick von der Donath so ganz kurz über meinen Scheitel. Die Therapiestunde neigt sich dem Ende zu. „Es tut mir leid, aber ich habe jetzt einen anderen Patienten, wir müssen morgen weitermachen."

Ich nicke. Heute werde ich meine neuen Laufschuhe einem Härtetest unterziehen.

Als ich allerdings auf meinem bevorzugten Laufweg am Ufer des Chiemsees bin, muss ich mich auf die nächste Bank setzen, weil ich wohl zu schnell meinen Gedanken davonrennen wollte. Ich bekomme kaum noch Luft.

Die Erinnerung an den Abend nach dem Anruf von Chris liegt wie ein Felsbrocken auf meinem Herzen. Ich schließe die Augen und fühle mich wie damals, als ich an meinem Schreibtisch in Berlin saß wie festgenagelt:

Was hätte ich tun sollen? Wenn mein Verdacht sich als falsch herausstellen sollte, würde ich eine bis dahin gut funktionierende Ehe zerstören.

Ein Blick auf die Uhr auf dem Schreibtisch in meiner Agentur sagte mir, dass es bereits nach Mitternacht war. Matthew hatte vorgehabt, mit den Mädchen am Abend zu unserem Italiener zu gehen.

„Bring mir eine Lasagne mit", hatte ich ihn gebeten, „wenn ich es nicht schaffe dazuzustoßen, stelle ich mir das Ding schnell in die Mikrowelle, wenn ich nach Hause komme." In dem Moment klingelte mein Telefon. Matthew.

„Bist du noch im Büro?", fragte er. Seine Stimme klang anders als sonst. Besorgt?

„Ich wollte gerade gehen", sagte ich wahrheitsgemäß.

„Weißt du, wo Leah sein könnte?"

„Was? Wieso?", stotterte ich.

„Leah ist weg."

„Was heißt weg?“

„Sie ist weg. Wir wollten zusammen essen gehen, das weißt du ja, und vorher war ich noch einkaufen. Als ich nach Hause kam, waren die Mädchen weg.“

„Wo ist Sarah jetzt?“ Die Angst drückte mir fast die Kehle zu.

„Sarah war bei ihrer Freundin, Französisch lernen.“

„Ist sie wieder da?“, schrie ich hysterisch.

„Ja, sage ich doch, Sarah war pünktlich wieder da, wir wollten ja in die Trattoria. Aber Leah ist weg.“

Mein erster Gedanke war, dass ich Leah aufgeschreckt hatte. „Ich komme sofort nach Hause. Kannst du sie nicht per Telefon erreichen?“

„Nein, da erreiche ich seit Stunden nur die Mailbox.“

„Und Sarah weiß auch nicht, wo sie ist?“

„Sie hat keine Ahnung.“

„Hattet ihr Streit?“

„Ich habe sie heute nach der Schule überhaupt nicht gesehen, weil ich beim Verlag war“, sagte Matthew.

Auf dem Weg nach Hause spielten sich die düstersten Szenarien in meinem Kopf ab. Was könnte passiert sein? Wenn Leah tatsächlich Emily wäre, hätte sie doch Matthew umgehend davon in Kenntnis gesetzt, dass ich hinter ihr Geheimnis gekommen bin.

Matthew war den ganzen Tag nicht zu Hause gewesen. Hatte er Leah irgendwohin gebracht, um sie in Sicherheit zu bringen? Was für ein Schauspiel wurde hier gerade aufgeführt? Ein Drama oder eine Komödie?

Ich trat das Gaspedal durch und düste mit achtzig Sachen über die wie jede Nacht ausgestorbene Clayallee. Egal, was war, ich musste meine Tochter beschützen.

Als ich nach Hause kam, waren alle Fenster hell erleuchtet. Sarah saß still und blass auf dem Sofa. Sie liebte ihre Beuteschwester, wie sie Leah nannte. Mein Kind machte sich Sorgen. Matthew tigerte rastlos durch die Wohnung. „Wo könnte sie bloß sein?“

„Matthew“, sagte ich, „das Mädchen ist siebzehn. Vielleicht hatte sie ein Date und die Zeit vergessen. Du warst doch auch mal siebzehn.“

„Eben drum.“ Auf seiner Stirn standen Schweißperlen. „Da nimmt man doch das Telefon und ruft an oder schickt eine WhatsApp. Leah meldet sich immer, wenn sie sich verspätet. Auf Leah kann man sich hundert Prozent verlassen.“

Ich setzte mich zu meiner Tochter auf die Couch und nahm sie in den Arm. „Und du hast keine Ahnung, mit wem Leah sich hätte treffen wollen?“

Sarah schüttelte nur den Kopf. Jetzt liefen ihr die Tränen runter.

„Ach, Schatz“, sagte ich, „das ist doch kein Grund zum Weinen, Leah wird sicher gleich kommen.“ Dabei war ich mir sicher, dass das Gegenteil der Fall sein würde.

„Leah ist sonst so zuverlässig“, sagte Matthew. Er klang verzweifelt.

Eben, dachte ich, sie hätte dich umgehend angerufen, wenn meine Emily-Anrede für sie irgendeine Bedeutung gehabt hätte.

„Okay, ich telefoniere jetzt die Krankenhäuser ab, ob sie einen Unfall gehabt hat. Sarah, du recherchierst im Internet, ob es irgendwo einen Unfall, Überfall oder Ähnliches in Berlin gegeben hat, in den Leah verwickelt sein könnte. Matthew, du schaust in ihrem Zimmer nach, ob etwas fehlt." Ohne nachzudenken hatte ich wie immer in einer Krise die Führung übernommen und wie gewohnt Anweisungen erteilt.

Als Matthew zurückkam, zitterten seine Hände.

„Es fehlt nichts", sagte er, während ich in der Warteschleife des Behring-Krankenhauses hing. Sie ist also nicht Hals über Kopf abgehauen, dachte ich.

„Matthew, hast du schon ihre Klassenkameraden abtelefoniert?"

„Nein, ich kann ja schlecht nach Mitternacht bei fremden Leuten anrufen", sagte er.

Ich nickte. Das gehörte sich wirklich nicht.

„Nix los in der Stadt, bis auf das Übliche", sagte Sarah aus den Tiefen des Sofas. „Ein illegales Autorennen auf dem Kudamm, das die Bullen gestoppt haben. Und eine Messerstecherei in Neukölln."

„Die können wir wohl ausschließen", sagte ich. „Sarah, du kannst mir helfen, die Krankenhäuser abzutelefonieren, ich habe noch nicht alle durch."

Es war zwei Uhr morgens, als wir die Suche ergebnislos abbrachen.

„Matthew, du musst zur Polizei", sagte ich.

„Ich würde lieber bis morgen warten. Wir machen uns vermutlich lächerlich, in einer Stadt wie Berlin in Panik auszubrechen, weil eine Siebzehnjährige nicht pünktlich nach Hause kommt."

„Zwei Uhr morgens ist nicht nur nicht pünktlich."

„Vielleicht hängt sie in einem Club ab, vielleicht hat sie irgendwelche Drogen eingeworfen, was weiß ich", sagte er.

„Zwei Uhr morgens ist in Berlin doch spätnachmittags", kam Sarah ihm zu Hilfe.

Das kann ja noch heiter werden, dachte ich.

Doch dann schüttelte Sarah den Kopf. „Wenn sie in einem Club abhängen würde, wäre sie vorher zum Essen gekommen, wie verabredet. Kein Mensch geht um sieben Uhr abends in einen Club, nicht mal my big American sister."

Meine Tochter hatte recht, die Clubthese hielt der Überprüfung nicht stand.

„Sarah, weißt du, ob sie einen Freund hat?"

„Die halbe Kennedy-Schule ist hinter Leah her, zumindest der männliche Teil", sagte Sarah.

Das glaubte ich unbesehen, schließlich war Leah eine aufsehenerregende Schönheit und hatte jenen cleanen Sexappeal, wie amerikanische Mädchen ihn von ihren Müttern anerzogen bekommen, die glaubten, dass der Wert eines Mädchens sich an der Zahl ihrer Dates festmachen lasse.

„Das ist keine Antwort. Hat sie irgendwen öfter gedatet", insistierte ich.

„Weiß nicht."

„Sprecht ihr nicht über so was?"

Sarahs Blick ging von Matthew zu mir. Okay, ich hatte verstanden, Sarah wollte vor Matthew nicht Leahs intimste Geheimnisse preisgeben.

„Also, wenn wir heute nicht mehr die Polizei benachrichtigen, schlage ich vor, dass wir schlafen gehen. Es ist drei Uhr morgens, wir müssen morgen sauber ticken."

„Geht ihr nur, ich kann nicht schlafen", sagte Matthew.

Ich bedeutete Sarah, dass sie ebenfalls ins Bett gehen sollte.

„Ich geh gleich, Mama, gute Nacht", sagte Sarah. Es hörte sich an wie: „Hau ab, ich will mit ihm unter vier Augen reden."

Als ich Matthew flüchtig umarmen wollte, merkte ich, dass er zitterte.

Die Erinnerungen an jene Nacht vor einem Jahr stürmten auf mich ein wie ein Hagelblizzard, jedes Bild ein Nadelstich.

Als ich jetzt hochschaue, sehe ich unzählige Enten im flachen Wasser am Ufer des Chiemsees gründeln. Ich atme tief durch, in der Luft liegt der Duft frisch gemähter Wiese. Ich sehe auf die Uhr. So spät schon? Wo ist die Zeit geblieben? Ich erhebe mich von der Bank und mache mich auf den Weg zurück in die Klinik. Es ist Zeit, zum Essen zu gehen. Die Lust am Laufen ist mir vergangen.

Chris

Heute Abend kommt Chris zu mir in die Klinik am Chiemsee. Natürlich katapultiert sein Besuch mich zurück zu seinem auslösenden Anruf und zu der Panik, in der ich die erste Nacht danach verbracht hatte.

Sobald ich nach der vergeblichen telefonischen Suche nach Leah die Schlafzimmertür hinter mir zugemacht hatte, wählte ich seine Nummer. Mailbox. Verdammt, dachte ich, wahrscheinlich waren sie am Strand, in Oregon war es sechs Uhr abends. Oder sie waren Essen gegangen. Chris gehörte zu den wenigen Menschen, die Smartphones hassten, und er führte seines deshalb nicht ständig mit sich. Da er es auch nicht für den Job brauchte, war es ausschließlich für Anrufe wie „Ich komme gleich" von seinen Kindern, Frauen und Freunden reserviert. Insofern gab es für ihn keinen Grund, das Ding im Urlaub mit sich herumzuschleppen. Wahrscheinlich lag es neben seinem Bett auf dem Nachttisch und diente als Wecker.

Meine besten Gedanken habe ich meist im Bett in der Zeit zwischen Hinlegen und Einschlafen. Und während ich von draußen aus unserem Wohnzimmer in Berlin Zischlaute vernahm, hatte ich die, wie ich meinte, rettende Idee. Ich schrieb Chris eine WhatsApp.

Matthew kam in dieser Nacht nicht mehr ins Bett. Ich fiel nur ab und an in einen leichten Schlaf, während ich mich von rechts nach links wälzte. Um kurz vor sechs klingelte mein Handy. Es war Sieglinde.

Ich konnte sie kaum verstehen, so sehr schluchzte sie. Mit dem Handy in der Hand stand ich auf und ging ins Wohnzimmer, wo meine Tochter auf dem Sofa eingeschlafen war. Ich setzte mich zu ihr und sagte: „Sieglinde, nun beruhige dich doch, was ist denn los, ich kann dich kaum verstehen."

„Ela, es ist so schrecklich! Chris ist … Er hat einen Unfall gehabt", schrie sie so laut ins Handy, dass meine Tochter mit einem Schlag wach war.

„Was, Sieglinde, ganz ruhig, was ist passiert?", fragte ich sie.

„Chris ist – oh Gott, Ela, er ist … Ich weiß nicht, die Ärzte wissen noch nichts, die Polizei hat die ganze Gegend abgesperrt. Oh Gott, Ela …"

Sie heulte und jammerte ins Telefon. Sarah hatte sich aufgesetzt und riss mir das Smartphone aus der Hand.

„Was ist mit Daddy?", fragte sie.

Ich hörte Sieglinde schluchzen. „Wir wissen es noch nicht, niemand weiß, er …" Der Rest des Satzes ging in Schluchzen unter …

„Frag, was passiert ist!", sagte ich zu meiner Tochter.

„Sieglinde, was ist Daddy passiert?", fragte sie.

„Einer hat die Vorfahrt missachtet, der Wagen ist – ein

schrecklicher Unfall, Sarah, ihr müsst kommen, bitte, die Ärzte wissen nicht, ob er überlebt."

„Können wir denn zu ihm?", fragte meine Tochter.

Nun riss ich ihr wiederum das Telefon aus der Hand. „Wo seid ihr?"

„In Krankenhaus. In Cannon Beach."

„In welchem Krankenhaus?"

„Providence Seaside Hospital", schluchzte sie.

„Okay, wir nehmen den nächsten Flug. Bleib ganz ruhig, Sieglinde. Kannst du mir eure Hoteladresse schicken?"

Ich legte auf und sagte: „Okay, Baby, jetzt heißt es schnell sein."

In dem Moment kam Matthew ins Wohnzimmer. Er war wohl auf der Toilette gewesen.

„Was ist los?"

„Mein Daddy hatte einen Unfall."

Matthew setzte sich auf die Sofalehne. „Verdammt, was ist denn nur los, bricht jetzt hier alles zusammen? Was für einen Unfall?"

„Aus Sieglinde war nichts Vernünftiges rauszukriegen, er ist im Krankenhaus, und die Ärzte wissen nicht …" Ich warf einen Seitenblick auf Sarah, die blass wie eine Leiche war.

„Hat Leah sich gemeldet?", fragte ich.

Matthew schüttelte den Kopf.

„Dann müssen wir unbedingt die Polizei informieren." Matthew raufte sich die Haare.

„Jetzt!", schrie ich ihn an. „Worauf wartest du, verdammt noch mal. Und ich schaue, wie wir am schnellsten nach Cannon Beach kommen."

„Du willst nach Oregon? Jetzt?"

„Ja, natürlich."

„Aber", sagte er langsam, man sah ihm die durchwachte Nacht an, „ihr seid doch gar nicht mehr verheiratet."

„Chris ist Sarahs Vater, schon vergessen? Wir nehmen den nächsten Flieger Richtung USA."

„Ich will aber nicht wegfliegen", sagte Sarah. Sie saß wie ein begossener Pudel auf dem Sofa und kaute auf ihrer Unterlippe. „Ich will Leah suchen helfen."

„Wenn du deinen Vater noch einmal sehen willst, wirst du dich beeilen müssen", sagte ich. „Sonst wirst du es für den Rest deines Lebens bereuen."

„Aber Leah …", setzte Sarah an.

„Ich kann unmöglich mitkommen, ich muss Leah suchen", sagte Matthew.

„Das ist mir klar." Ich schnappte mir das Tablet von dem Couchtisch und checkte die Flugverbindungen. „Wir nehmen den nächsten Flieger entweder nach Frankfurt oder München, von da aus fliegen wir an die Westküste und dann nach Portland", sagte ich in einem Ton, der keine Widerrede duldete.

„Aber müsst ihr nicht zweiundsiebzig Stunden vorher ein Visum beantragen?", fragte Matthew.

„Wir waren doch Weihnachten in New York, wir müssen den ESTA-Antrag nur aktualisieren", sagte ich, während ich die Flugverbindungen checkte. „Okay, wir können um Viertel vor elf nach Frankfurt fliegen, da steigen wir um Richtung Vancouver, und von dort geht es dann um Viertel vor fünf nach Portland."

„Das schaffen wir nie und nimmer“, sagte Sarah.

„Wenn du deinen Hintern bewegst, dann schaffen wir das“, sagte ich bestimmt und zu Matthew gewandt: „Schatz, es tut mir leid, dass du das mit Leah allein durchstehen musst. Komm, ruf jetzt sofort die Polizei an!“

Er war diesbezüglich störrisch wie ein Esel, was ich nach den Erkenntnissen des vorigen Abends kaum anders erwartet hatte. Aber ich war vollkommen auf Chris und Portland geeicht. Sarah stand Matthew in puncto Störrischkeit in nichts nach. Natürlich wollte sie so schnell wie möglich zu ihrem Daddy, weinte sie, aber sie wollte auch bei Matthew bleiben und Leah suchen.

„Sarah, du kannst hier nichts tun, wir haben bereits alles getan, was wir konnten, um Leah zu finden. Den Rest wird die Polizei erledigen.“

„Aber es sind noch keine Ferien!“, heulte meine Tochter.

„Du bekommst eine Entschuldigung für die Schule“, sagte ich entnervt und schob sie fast gewaltsam in ihr Zimmer. „Pack dir eine Tasche mit Klamotten für mindestens eine Woche. Und pronto, junge Dame, wir müssen in einer Stunde zum Flughafen.“

Mit zitternden Knien ging ich ins Schlafzimmer und zog ebenfalls eine Tasche hervor, in die ich wahllos Kleidungsstücke stopfte. Dabei meinte ich zu hören, wie Matthew die Polizei anrief. Endlich.

Als ich gerade meine Kosmetik in den durchsichtigen Beutel warf, kam Matthew ins Bad. „Ich brauche alle Adressen und Namen von Leahs Freunden. Es wäre gut, wenn Sarah mir helfen könnte.“

„Kein Problem, sie kann dir vom Handy aus die Adressen und Namen zusenden, während wir im Flughafen warten."

Es kam nicht in Frage, dass wir unseren Flug verschieben würden.

Es war merkwürdig: Ich schaffte es oft genug nicht, mich von meinem Job zu lösen, wenn es darum ging, in den Urlaub zu fahren oder Zeit mit meiner Familie zu verbringen. Aber jetzt waren mir meine geschäftlichen Termine total egal. Auf dem Weg zum Flughafen rief ich vom Taxi aus meine Assistentin an und gab ihr die Anweisung, alle Termine in der kommenden Woche zu streichen. Sarah saß schluchzend neben mir. „Wir lassen Matt ganz alleine."

„Matthew ist erwachsen und gesund. Sie werden Leah finden", sagte ich, auch wenn ich nicht im Mindesten davon überzeugt war.

Bereits am Check-in-Schalter klingelte Sarahs Telefon. Matthew hatte eine Menge Fragen.

Um drei habe ich meine Therapiestunde bei Frau Dr. Donath. All das, was mir den ganzen Tag im Kopf herumgespukt ist, erzähle ich ihr, die ganze Geschichte, wie ich Sarah mit einem Trick aus Berlin weggelockt habe. Danach bereite ich mich auf den Besuch meines Exmanns vor.

Besuch am Chiemsee

Mein Telefon klingelt. „Da ist Besuch für Sie", sagt der Mann an der Rezeption. Es ist noch nicht mal sechs Uhr.

„Soll raufkommen", sage ich.

Während ich am Chiemsee auf meinen Exmann warte, denke ich daran, wie Sarah und ich ebenfalls um kurz vor sechs Uhr Ortszeit fast pünktlich in Portland landeten.

Die Einreise war wie immer eine Tortur, die Immigration Officers schienen Dienst nach Vorschrift zu verrichten, so dass sich lange Schlangen an den Pass- und Visakontrollen bildeten. Sarah quengelte wie ein Kleinkind. Als wir endlich den Einreisestempel in unseren Pässen hatten, war es bereits kurz nach acht. Auf dem Gepäckband drehten unsere Taschen zusammen mit drei anderen Koffern einsame Runden.

Ich sah ihn schon von weitem. Er winkte uns fröhlich zu.

„Papa!", schrie Sarah, ließ ihre Tasche fallen und rannte zu Chris. Er schloss seine Tochter lachend in die Arme. „Papa, Papa, geht es dir wieder gut?"

Ich war inzwischen zu ihnen getreten. „Hallo, Chris!"

„Du hast Sarah noch nichts gesagt?", fragte er mit einem irritierten Blick auf die heulende Tochter in seinen Armen.

Ich schüttelte den Kopf. „Zu viele Zuhörer." Den ganzen Flug über und vor allem in der Zeit, in der wir auf die Anschlussflieger warteten, hatte ich fieberhaft überlegt, wann der richtige Zeitpunkt wäre, Sarah zu erklären, warum wir sie mit einem Trick von zu Hause weggelockt hatten. Das war schließlich nicht mit ein, zwei Sätzen abgetan.

Es gab zu viele Befürchtungen, Vermutungen, Ängste, all das wollte ich mit meiner Tochter in Ruhe und ohne Zeugen besprechen. Den halben Flug und vor allem während der Wartezeit in Vancouver tippte Sarah wie wild auf ihrem Handy herum. Es gab keine neuen Nachrichten, Leah blieb verschwunden. Deshalb hatte ich mich für die Variante Konfrontation mit ihrem Vater ohne Vorwarnung entschieden.

Ich hatte nur eine einzige Möglichkeit gesehen, Sarah von zu Hause wegzulocken. Ihrem Vater musste angeblich etwas zugestoßen sein. Da die Ferien noch nicht begonnen hatten, brauchte ich sowohl für Matthew als auch für die Schule und für meine Mitarbeiter eine plausible Erklärung, warum Sarah und ich gemeinsam Hals über Kopf verschwanden. Deshalb hatte ich in der Nacht Sieglinde um Hilfe gebeten.

Man konnte gegen Sieglinde ja sagen, was man wollte, aber diesmal hatte sie sich wirklich als gute Freundin erwiesen und eine Eins-a-Vorstellung hingelegt.

„Ihr habt Glück, in der Anlage ist noch ein Häuschen frei", sagte Chris.

„Aber wieso, ich meine, was soll das, ich dachte …"

„Das wird dir deine Mutter erklären, lass uns erst mal nach Cannon Beach fahren."

Nachdem wir den Mietwagen endlich beladen und aus dem Parkhaus geholt hatten, saß Sarah beleidigt vor sich hinstarrend auf dem Rücksitz.

Chris sah es wohl im Rückspiegel und lächelte mich an. „Schatz, es gibt Momente im Leben, da muss man auch mal etwas Unkonventionelles tun."

„Mom hat mich belogen!" Sarah war empört. „Mit so was macht man doch keine Scherze!"

Mitten hinein in meine Erinnerung an die dramatischen Stunden in dem Mietwagen in Oregon klopft es an meiner Zimmertür in der Kurklinik am Chiemsee. Ich stehe von meinem Bett auf und streiche meine Tunika glatt. Heute habe ich mich sogar ein bisschen zurechtgemacht. Ich öffne die Tür.

Chris, der Mann, den ich mal geliebt habe, steht lächelnd im Flur. Er ist alt geworden in den letzten Monaten, denke ich.

„Komm rein", sage ich, „magst du auf der Terrasse sitzen? Für den Seeblick muss ich jeden Tag hundert Euro extra bezahlen." Während ich ihn zu den Liegestühlen führe, werfe ich im Vorbeigehen einen Blick in den Spiegel. Auch ich sehe um Jahre älter aus als vor den „Ereignissen".

„Wow", sagt Chris, „der Ausblick ist aber auch sein Geld wert." Er lässt sich in den Liegestuhl fallen, den ich für ihn extra so hingestellt habe, dass er später die untergehende Sonne sehen kann.

„Du bist sicher am Verdursten nach der langen Anreise“, vermute ich. Ich entsinne mich, dass ich ihn früher immer ermahnen musste, während der Fahrt etwas zu trinken.

Nachdem ich ihn mit einer Soda aus der Minibar versorgt und gefragt habe, wie seine Anreise war, komme ich zur Sache. Ich erzähle ihm, dass ich gerade daran denken musste, wie Sarah und ich in Oregon gelandet sind.

„Oh, oh, ich habe gesehen, wie du zusammengezuckt bist, als sie ihr Handy aus der Tasche geholt hat.“

„Ich habe es zwar nicht gesehen, aber gehört“, stimme ich ihm zu.

„‚Gib mir mal dein Handy, Sarah‘, hast du gesagt. Und sie so: ‚Wieso?‘“

„Ich hatte keine Ahnung gehabt, was ich darauf antworten sollte. Mir war in dem Moment klar geworden, dass sie auf keinen Fall Matthew anrufen durfte, bevor wir nicht miteinander gesprochen hatten. Da mir auf die Schnelle kein plausibler Grund einfiel, ihr das Handy wegzunehmen, entschied ich mich für die Wahrheit: ‚Weil ich nicht möchte, dass du jetzt Matthew anrufst.‘“

„Das war schlimmer als Stubenarrest“, sagt Chris. Er schafft es gut, Sarahs empörte Stimme zu imitieren: „‚Wieso? Spinnst du?‘“

„Ich habe versucht, ruhig zu bleiben, und habe ihr gesagt, dass ich mich erst ganz in Ruhe mit ihr unterhalten möchte und sie dann entscheiden kann, was sie tun will.“

„Du hast noch ein Okay drangehängt. Sie fand das ganz und gar nicht okay: ‚Ich kann Matt so oft anrufen, wie ich will. Außerdem will ich wissen, was mit Leah ist.‘“

„Ich werde ihn fragen, was mit Leah ist", habe ich ihr versprochen. „Später."

Chris lächelt mich an und sucht automatisch meine Hand. Obwohl wir schon so lange geschieden sind, stellt sich bei jedem Wiedersehen diese alte Vertrautheit wieder ein. Ich weiß, warum er mich hier am Chiemsee besucht. Auch Chris muss die „Ereignisse" verarbeiten.

„Ich sehe die Szene auch vor mir, so als ob es gestern gewesen wäre. Es ist, als ob immer wieder ein Film vor meinem inneren Auge abläuft. Weißt du noch, sie hat uns tatsächlich Kindesentführung unterstellt."

Ich nicke betreten.

„Und wir haben gelacht. Es war wohl das letzte Mal, dass wir über Sarah gelacht haben", sagt er traurig.

„Du hast versucht, ihr zu erklären, dass ich sie vorsorglich aus der Schusslinie gebracht habe", sage ich.

„Es könnte sein, dass es in den nächsten Tagen in Berlin ziemlich ungemütlich werden wird", hatte Chris versucht, mir zu helfen.

„‚Noch ungemütlicher als heute Nacht geht wohl kaum.'" hris kann den Tonfall seiner Tochter perfekt imitieren.

„In diesem Moment fiel mir ein: Ich hatte dir noch gar nicht erzählt, dass ich Leah am Telefon gefragt hatte, ob sie Emily sei. Ich habe dich also schnell informiert, dass Leah das nicht nur bejaht hat, sondern danach auch verschwunden ist."

„Oh ja, ich entsinne mich. Diese Information traf mich wie ein Hammerschlag. Und Sarah quengelte auf der Rückbank, sie forderte Aufklärung."

„Ich wusste nicht, was ich sagen sollte. Deshalb hab ich mein eigenes Handy aus der Tasche geholt und die Seite des Fernsehsenders aufgerufen. Als ich Leahs Bild gefunden hatte, reichte ich es Sarah."

„Du hast sie gefragt, wer das sei auf dem Foto."

„Und sie hat genau das gesagt, was wir beide auch gesehen hatten: ‚Leah. Also früher.'"

„‚Nein', habe ich ihr erklärt, ‚das war Emily Mitchell. Vor drei Jahren. Dann ist sie spurlos verschwunden. Sie wäre jetzt siebzehn.'"

Die Nacht am Chiemsee

„Du, ich habe Hunger", sagt Chris. Die Sonne schickt sich gerade an, hinter den Bergen unterzugehen.

„Entschuldige, ich war so in Gedanken. Natürlich, hast du eigentlich schon dein Hotelzimmer bezogen?"

„Alles klar."

„Dann können wir ja essen gehen", sage ich und stehe auf.

Wir gehen in den dunkel getäfelten Speisesaal. Der Ober bringt uns zu meinem weiß gedeckten Tisch, von dem aus man wieder einen wundervollen Blick über den Chiemsee genießt. Es gibt drei Menüs zur Auswahl, wir entscheiden uns beide für die gebratene Bachforelle.

„Ist aber nobel hier", sagt Chris und lässt sich die Weinkarte geben.

„Es sind viele Manager mit Burnout hier", erkläre ich ihm. „Da ist Fünf-Sterne-Niveau Pflicht."

„Die Preise sind auch Fünf-Sterne-Niveau."

„Fühl dich eingeladen", sage ich. Chris muss schließlich eine ganz Familie ernähren. Wie gut, dass er noch nie Probleme damit hatte, dass ich mehr Geld verdiene als er.

„Danke", sagt er. „Danke, dass ich kommen durfte."

„Hat Sieglinde nicht Schreikrämpfe bekommen?", frage ich ihn.

„Nein, sie hat darauf bestanden, dass ich zu dir fahre. Sie hat gemerkt, dass ich mit all dem nicht alleine klarkomme."

„Ob wir das jemals können werden, damit klarkommen?", frage ich. „Mit diesem ganzen Bullshit?"

„Du redest schon wie Sarah", sagt er.

Ich muss lächeln.

Während Leah immer mehr Deutsch gelernt hatte, hatte Sarah sich angewöhnt, viele Dinge in Englisch auszudrücken, vor allem das Fluchen fand sie auf Englisch wohl eleganter. „Bullshit, so hat sie unsere Erkenntnisse genannt, als ich euch vom Flughafen abgeholt habe."

„Und ich habe gesagt: ‚Wir sind hier, um herauszufinden, ob es tatsächlich Bullshit ist.'"

„Sarah war tief gekränkt", erinnere ich mich. „Sie meinte, das hätte doch warten können, bis Leah wieder da wäre. Und sie sei schließlich kein Kleinkind, ich hätte ihr das doch gleich sagen können."

Chris nimmt meine Hand. Er ahnt, dass ich gleich weinen werde. Ich hatte Sarah gesagt, dass ich Angst hatte. Um sie und um mich.

„Und dann hat Sarah dir das Herz gebrochen, wenn ich mich recht entsinne. Ach, da kommt ja der Wein. Willst du probieren?"

Ich spüre, dass Chris mich aus dem Film, der vor meinem inneren Auge abläuft, herausreißen will. Er weiß, dass Sarah mich tief verletzt hat. Der Kellner macht aus dem Öffnen der Flasche eine Show. Wann geht er endlich! Es ist mir komplett egal, ob das Ding korkt. Ich nehme einen Schluck und nicke. „Okay, danke." Kaum hat der Kellner sich umgedreht, bin ich wieder in dem Mietwagen in Oregon.

Ich erinnere mich noch an jedes Wort. Sie hat vom Rücksitz aus gerufen: „Du hattest Angst? Dass ich das noch erleben darf! Mama, die unerschütterliche Kämpferin für die reine Wahrheit? Die Löwenmutter, die sich schützend vor ihre Kunden wirft und jeden Giftpfeil mit der bloßer Hand abfängt? Du hattest Angst? Mama, die Beschützerin der Starken, Reichen und Mächtigen? Selten so gelacht!"

„Da gibt es einen kleinen, aber feinen Unterschied, mein Schatz", habe ich gesagt. „Dich liebe ich mehr als alles andere auf der Welt."

Das dreckige Lachen aus dem Wagenfond werde ich nie vergessen. „Das hätte ich gemerkt!" Das waren die Worte meiner Tochter.

Mir laufen die Tränen herunter. Chris reicht mir seine Serviette. „Du hast richtig gehandelt."

Ich sage gar nichts. Werde ich dieses Schuldgefühl jemals wieder loswerden?

„Komm, schau mich an", sagt mein Ex. „Du bist nicht schuld!"

Ich lege die Serviette beiseite und stehe auf. Tränenblind stürze ich aus dem Speisesaal. Ich will raus, ich muss laufen, laufen, laufen. Die Rezeption fliegt an mir vorbei, nur raus, raus, raus.

„Ela“, höre ich es hinter mir, „Ela, so warte doch!“

Er kann mir nicht helfen, er war dabei, er ist ein Teil des Ganzen, ich will weg. Weg aus dieser Klinik, weg von diesem Mann und weg von diesem Bild, das sich immer wieder vor meinem geistigen Auge aufbaut: das Bild des toten Mädchens. Und eigentlich will ich weg von mir. Weg mit mir. Das wäre das Leichteste, das Einfachste, einfach gehen, weggehen, tot sein, keine Schmerzen mehr spüren, keine Schuld, die dir die Luft abschnürt und wie ein Fels auf deinem Herzen hockt.

Ich bleibe auf der Straße stehen und schaue auf den See, der schwarz und kalt im Mondlicht schimmert. Hier hast du deine Ruhe, denke ich. Worauf wartest du, Ela, du hast nichts auf dieser Welt hinterlassen, was irgendjemand je vermissen wird. Du hast immer nur an dich gedacht, und die Menschen, die du behauptet hast zu lieben, mussten hinter deinen Wünschen und Vorstellungen zurückstehen. Es war alles wichtiger als deine Familie. Deine Aufmerksamkeit war käuflich.

Ein wenig weiter unten ist ein Bootsverleih. Weg, Ela, einfach weg, denke ich.

Das ist die rettende Idee. Als ich eine Abkürzung dorthin nehmen will, stolpere ich und falle lang hin. Ich habe mir den Zeh angeschlagen, mit schmerzhaft verzogenem Gesicht schaue ich nach, worüber ich gefallen bin. Ein großer, dunkler Stein liegt mitten im Weg – ein Zeichen, denke ich, das ist ein Zeichen. Ich versuche, den Stein hochzuheben, er ist schwer. Schwer genug, denke ich. Ich nehme den Stein und überlege, wie ich ihn befestigen kann, damit er mich hinabzieht in die Tiefe, in dieses gnädige Schwarz, das mich zu rufen scheint.

Aber werde ich den Mut haben, ihn festzuhalten, wenn mir die Luft ausgeht, während das dunkle Nass mich aufsaugt und ich in die Tiefe stürze?

Mit dem schweren Stein in der Hand laufe ich zu dem Zaun, der den Bootsverleih umgibt. Ich werfe den Stein über den niedrigen Holzzaun und klettere hinterher, in der Hoffnung darauf, dass die Boote nicht mit einer Stahlkette befestigt sind.

Hinter mir höre ich Schritte. Ich ducke mich hinter dem ersten Boot, das zur Hälfte auf dem Uferstreifen liegt.

„Ela", höre ich, „Ela, komm, mach keinen Quatsch!" Ich sage nichts, versuche, meine Atmung zu kontrollieren, damit Chris mich nicht hört.

„Michaela, komm hinter dem Boot hervor, ich weiß, dass du da bist. Das ist eine ziemlich blöde Idee, die du da hast, hörst du mich?"

Ich ducke mich noch tiefer. Geh endlich, denke ich, geh und lass mich alleine! Ich höre ihn laut atmen, verdammt, Chris steigt über den Zaun.

„Ela, komm, Schatz, das ist keine Lösung. Ich weiß, dass es dir schlecht geht, lass uns in Ruhe darüber reden."

„Als ob Reden helfen würde. Nichts, gar nichts hilft, nichts macht es wieder gut. Lass mich gehen, bitte, ich will einfach nur meine Ruhe haben."

Die Schritte kommen näher. Jetzt steht er direkt vor dem Boot. „Ich weiß, dass du dahinter kauerst", sagt er und geht selbst in die Hocke. Dabei rutscht er auf dem nassen Grasboden aus. „Verdammt", höre ich ihn fluchen.

Ich sitze ebenfalls im Nassen. An das Boot gelehnt,

schaue ich in den sternenklaren Himmel. „Ob sie uns von oben sieht?“, frage ich ihn.

„Wenn sie uns sieht, kriegt sie gleich einen Lachkrampf“, sagt Chris. „Wir sitzen beide mitten in der Pampe.“

„Ich sitze seit Jahren mitten in der Scheiße.“

„Das stimmt doch gar nicht, Ela.“

„Doch, das stimmt. Ich habe Sarahs Tagebücher gefunden.“

„Was, Sarah hat Tagebuch geführt? Und du hattest sie vorher nicht gelesen?“ Chris klingt erstaunt.

„Natürlich nicht. Ich, ich ...“

„Du glaubst, du hättest es nicht ertragen, sie zu lesen?“

Ich kann nichts anderes tun als zu heulen wie ein kleines Kind. Chris robbt sich um das Boot herum und lässt sich neben mir in den Morast fallen. Er nimmt mich in den Arm. „Wenn ich euch nicht verlassen hätte, wäre das nicht passiert“, sagt er und legt den Kopf an meine Schulter.

Ich brauche ein paar Sekunden, um die Bedeutung dessen zu begreifen, was er da eben gesagt hat. „Du fühlst dich doch nicht etwa schuldig?“, frage ich ihn entgeistert.

„Was dachtest du denn?“

„Aber du kannst doch nichts dafür. Ich war diejenige, die die Familie in den Abgrund geführt hat.“

„Du hast gar nichts getan, Ela, hör auf, dich mit Dreck zu beschmeißen. Du hast zu viel gearbeitet, weil du deinen Job geliebt hast. Ich bin derjenige, der gegangen ist.“

„‚Du hast Papa vertrieben‘, hat Sarah gesagt.“

„Sie war manchmal ein richtig fieses Gör“, sagt Chris.

„Leider hatte meine kleine Zicke meistens recht. Ihre Pfeile trafen eigentlich immer ins Schwarze."

„Weißt du, was sie zu mir gesagt hat? Das habe ich dir nie erzählt. Weil es nämlich genau dieser Pfeil war, der getroffen hat. Sie hat zu mir gesagt, dass ich dich und sie im Stich lasse, weil ich ein Arschloch bin. ‚Du denkst nur an dich', so hat sie mich angeschrien. Da war sie übrigens gerade mal acht Jahre alt. Und außerdem: Unsere kleine Zicke, wie du sie nennst, hat sich schließlich dazu entschlossen, bei dir zu bleiben. Könnte es sein, dass Klein Sarah uns gegeneinander ausgespielt und manipuliert hat?"

„Denkst du wirklich so schlecht von deiner Tochter?", schluchze ich.

„Ela, Sarah war nicht das kleine Engelchen, das du so gern aus ihr machen würdest."

„Das tue ich doch gar nicht. Aber wenn ich Matthew nicht geheiratet hätte, dann wäre das alles nicht passiert."

„Das ist aber nicht deine Schuld, Ela, du hast einen netten Witwer kennengelernt mit einer verdammt hübschen Tochter."

„Ich verfluche den Tag, an dem uns die beiden über den Weg gelaufen sind."

„Das bringt aber nichts. Was geschehen ist, ist geschehen. Du hilfst auch niemandem, wenn du versuchst, dich in diesem See zu ertränken. Das macht das alles nicht ungeschehen. Ela, du wirst noch gebraucht. Und zwar ziemlich dringend."

„Wir hätten sie einschließen sollen, verstecken, irgendwo", heule ich.

„Unsere Tochter war doch kein Kleinkind mehr, die konntest du nicht gegen ihren Willen verstecken. Und wir haben es ja weiß Gott versucht. Aber nimm einem Teenager mal sein Handy weg …", sagt Chris.

Bei der Erinnerung an diese Fahrt von Portland nach Cannon Beach schnürt sich mir wieder das Herz zu. „Sarah hat einen Tobsuchtsanfall bekommen, als ich sie gebeten habe, nicht zu Hause anzurufen. Emilys Foto hat ihr nicht gereicht", sage ich schluchzend. „Die Beschimpfungen aus dem Fond werde ich nie vergessen. Jeder Satz ein Stich ins Herz."

„Du hast das einzig Richtige getan", sagt Chris.

„Sie hat mich dafür gehasst!"

„Das ist egal, du hast dein Bestes gegeben, um unsere Tochter zu schützen."

„Aber das Beste war nicht gut genug", schluchze ich.

„Du hattest gar keine andere Wahl. Als Sarah noch im Auto versucht hat, Matthew anzurufen, hast du dich umgedreht und ihr das Handy aus der Hand gerissen."

„Es hat nicht gereicht, dass ich es ihr weggenommen habe. Wir waren mitten auf dieser schmalen, kurvigen Straße, wo es steil zum Meer hinunterging. Es wäre viel zu gefährlich für dich gewesen zu bremsen. Sarah hat sich wie eine Furie auf mich gestürzt und wollte mir ihr Handy wieder entreißen. Ich habe in meiner Panik das Fenster aufgemacht und das Handy weit hinausgeschleudert, es ist auf den Felsen aufgeschlagen und den steilen Hang hinuntergefallen."

„Ich habe noch nie einen Menschen so schreien gehört wie Sarah. Als hätte jemand sie abgestochen."

„Wahrscheinlich hat unsere Kleine sich auch so gefühlt, als ob sie jemand abgestochen hätte."

„Aber es war richtig, was du getan hast, wie sich später herausgestellt hat."

„So? Es war eine Panikreaktion. Ich wollte nicht, dass sie Matthew warnt oder wegen Leah zur Rede stellt. Sie hat mich dafür gehasst. Sie wollte nie wieder etwas mit mir zu tun haben. Ich sei nicht mehr ihre Mutter, hat sie gesagt."

„Du weißt doch selbst, dass man in der Wut Dinge sagt, die man nicht so meint."

„Netter Versuch, Chris", sage ich.

„Komm, Ela, wir beide haben einen nassen Hintern, du holst dir eine Blasenentzündung."

„Prima, Schmerz kann man nur mit Schmerz bekämpfen."

Chris stemmt sich hoch und zieht mich ebenfalls aus der Pampe. Er will sein Taschentuch aus der Tasche ziehen, aber das hat er mir bereits am Tisch im Speisesaal gegeben. Ich will nach meiner Handtasche greifen, da fällt mir ein, dass ich die ebenfalls am Tisch habe liegen lassen.

„Komm jetzt", sagt er. Wir klettern über den lächerlich niedrigen Zaun. „So können wir unmöglich durch die Empfangshalle, wir sehen aus, als ob wir ein Nümmerchen im Morast geschoben haben."

„Ist mir egal, was andere von mir denken", sage ich.

„Wir können durch die Tiefgarage mit dem Fahrstuhl nach oben fahren."

Chris will noch mit in mein Zimmer kommen. „Die Tagebücher von Sarah – darf ich die auch lesen?"

„Morgen, Chris, bitte morgen."

„Kann ich dich wirklich alleine lassen?“, fragt Chris.

„Ja, ja.“

„Ich würde lieber bei dir bleiben. Ich schlafe auch auf der Couch.“

„Ich muss allein sein, bitte“, sage ich. Dabei wünsche ich mir nichts mehr, als in seinen Armen einzuschlafen.

Chris bringt mich zu meiner Zimmertür. Da fällt mir ein, dass mein Zimmerschlüssel in meiner Handtasche ist. Und die liegt auf dem Fensterbrett im Speisesaal.

„Mist“, sage ich, „ich kann da gar nicht rein.“

„Der Speisesaal ist sicher längst geschlossen. Dann kommst du eben mit in mein Zimmer. Ist mir auch lieber so.“

Und so kommt es, dass ich mich doch noch in seinen Armen in den Schlaf weine.

Samstag am Chiemsee

Als ich am Morgen aufwache, scheint die Sonne auf das Bett, in dem ich alleine liege. Langsam kommt mir der gestrige Abend wieder ins Gedächtnis. War das wirklich ich? Wollte ich mich in den See stürzen? Ich hatte Wein getrunken, das sollte ich lieber lassen. Heute habe ich frei. Frau Doktor Donath hat auch ein Anrecht auf ein Wochenende. Ich setze mich auf.

„Guten Morgen." Chris kommt aus dem Bad. Ich hatte sein Morgengesicht schon fast vergessen. „Ich gehe runter in den Speisesaal und frage, ob man deine Handtasche gefunden hat", sagt er. „Und dann lassen wir uns ein Frühstück aufs Zimmer bringen."

„Wenn sie die Handtasche haben, dann auf mein Zimmer, du wolltest doch Sarahs Tagebücher sehen", schlage ich vor.

„Okay." Er rubbelt sich die kurzen, dunkelblonden Stoppelhaare, die an den Schläfen grau werden. Ich lasse mich zurück in die Kissen fallen. Wie schön es ist, wenn sich jemand um dich kümmert, denke ich. Matthew hat sich auch um mich gekümmert. Er war immer da, wenn ich ihn brauchte. Habe ich Matthew geliebt? Genauso, wie ich mal Chris geliebt habe?

Als ich Chris kennengelernt habe, waren wir beide noch Studenten. Wir waren sehr unterschiedlich. Chris war der Bodenständigere von uns beiden, derjenige, der immer auf Nummer sicher gehen wollte. Ich war in unserer Beziehung die Spontane, er der Vorsichtige. Ich die Ehrgeizige, er der Bequeme. Aber wir haben uns geliebt, vielleicht waren es die Gegensätze, die sich anzogen. Und so stürzten wir uns damals kopfüber ins Leben. Doch jeder Tag, der verging, hat uns weiter auseinandergetrieben. So kommt es mir jedenfalls heute vor. Je älter wir wurden, desto ausgeprägter zeigten sich unsere Charaktereigenschaften. Ohne es zu merken, steuerten wir auf den Eisberg zu, an dem unsere Ehe zerschellte. Hätten wir es ändern können? Dann hätte sich einer von uns ändern müssen. Doch der Leopard wechselt nicht seine Flecken. Bis heute sind wir Freunde geblieben, nicht wegen Sarah, sondern trotz Sarah. Zu Matthew hatte ich nie eine so tiefe Beziehung wie zu Chris. Chris ist mein Seelenverwandter.

Matthew war für mich eine bequeme Verbindung. Er organisierte unser häusliches Leben, man konnte gut mit ihm auskommen, er war gebildet und kultiviert, vorzeigbar. Wenn ich mir heute so seine Vorzüge in Erinnerung rufe, hört sich das nach einer Zweckehe an. War ich tatsächlich eine Ehe eingegangen mit einem Mann, weil er vorzeigbar war? Weil es bequem war? War ich so oberflächlich?

In meine Gedanken platzt Chris mit meiner Handtasche. „Komm, wir gehen zu dir“, sagt er. Es klingt fröhlich. Ich bewundere ihn, er scheint die „Ereignisse“ besser weggesteckt zu haben als ich.

Chris wirft mir den Hotel-Bademantel zu. „Das reicht zum Über-den-Flur-Laufen. Deine Klamotten sind immer noch pitschnass."

Als wir in meinem Zimmer sind, zeige ich ihm die vier Tagebücher unserer Tochter.

„Ich habe nicht mal gewusst, dass sie Tagebuch schreibt", sagt Chris.

„Seitdem sie elf war, hat sie jedes Jahr zum Geburtstag ein neues Tagebuch von mir bekommen. Aber ich wäre nie auf den Gedanken gekommen, eins davon zu lesen. Niemals."

„Manchmal bist du ganz schön katholisch", sagt Chris. „Ich weiß nicht, ob ich hätte widerstehen können."

„Sie war ein kleines Mädchen, welche Geheimnisse glaubst du, sind in diesen Tagebüchern vorhanden?"

„Vielleicht ihre Sicht der Dinge, ihre Sicht auf uns."

„Da kannst du Gift drauf nehmen", sage ich.

Wir setzen uns mit den Tagebüchern auf den Balkon. Das Blau des Himmels konkurriert in seiner Intensität mit dem Blau des Sees. Weder ein Wölkchen noch ein Windhauch stören die Makellosigkeit dieser Blautöne. Nach zwanzig Minuten kommt unser Frühstück. Chris isst noch immer Müsli mit Joghurt und Früchten, für mich hat er Rührei mit Speck bestellt. Er meint, ich brauche etwas Kräftiges. Rührei mit Speck war früher mein Lieblingsfrühstück, Chris hat es mir oft gemacht. Aber obwohl ich gestern Abend kaum etwas gegessen habe, ist mein Magen wie zugeschnürt.

„Hast du schon alle Tagebücher gelesen?", fragt er mich.

„Nein, ich habe chronologisch angefangen mit dem ersten, das sie geschrieben hat, als sie elf war. Es war das Jahr, in dem ich Matthew geheiratet habe."

„Und das Jahr, in dem Anton geboren wurde", sagt Chris.

„War Anton eigentlich ein Wunschkind?"

Chris zuckt die Achseln. Genauso wie damals, als ich ihm gebeichtet hatte, dass ich den Abbruchtermin verschwitzt hatte. „Es kommt, wie es kommt", sagt er.

„Hattest du den Eindruck, dass Sarah unglücklich war?", frage ich.

„Früher meinst du, oder zum Schluss?"

„Früher."

„Als wir uns getrennt haben, da war sie unglücklich. Ja. Doch dann hat sie sich mit der Situation arrangiert. Und das Beste für sich herausgezogen. Jedenfalls kam es mir so vor. Nur mit Sieglinde ist sie nie so recht warm geworden."

Ich nicke, während ich an meinem Eibrot knabbere, und greife mir ihr erstes Tagebuch. Ich lese ihm den ersten Eintrag vor, den sie zu ihrem elften Geburtstag geschrieben hat:

Liebes Tagebuch,

ich habe dich heute von Mama zum Geburtstag bekommen. Sie hat gesagt: Deinem Tagebuch kannst du deine geheimsten Gedanken verraten. Ich habe nur vor Marie keine Geheimnisse. Sie ist meine beste Freundin. Wollen wir jetzt auch Freunde sein?
Am Nachmittag war ich bei Papa und Sieglinde. Ich habe von Papa ein Fahrrad bekommen. Sieglinde hat einen Kuchen für mich gebacken. Sie hat jetzt einen

dicken Bauch. Da wächst angeblich mein Brüderchen drin. Woher weißt du das?, habe ich sie gefragt. Sieglinde und Papa haben ganz wichtig getan. Sie haben mir einen Zettel gezeigt, auf dem man merkwürdige schwarze und weiße Muster sieht. Sieglinde hat irgendwo im Muster auf einen Punkt gezeigt. Das soll mein Bruder sein. Als Mathilde zur Welt kam, haben sie mir erklärt, wie das läuft. Also wie der Samen zum Ei kommt und dann das Baby im Bauch wächst. Und wie es da rauskommt. Voll eklig.

Während ich das vorlas, hatte Chris die Augen geschlossen. „Mich würde ja das letzte Tagebuch am meisten interessieren", sagt er.

„Ich weiß, mich auch, aber ich traue mich nicht."

„Wovor hast du Angst?"

„Das weißt du genau!"

„Dann ist es vielleicht der richtige Moment, es jetzt zu lesen. Solange ich noch hier bin, solange wir es zusammen lesen können. Ich möchte dich ungern damit alleine lassen."

„Sie hat das Tagebuch nicht mit nach Cannon Beach genommen. Es lag noch zu Hause in ihrem Versteck."

„Das heißt, wir werden nie ganz genau erfahren, was damals in ihrem Kopf vorgegangen ist", sagt Chris.

„Diese Tage in Oregon sind für mich wie ein einziger Albtraum. Ich durchlebe sie wieder und wieder und immer wieder."

Chris starrt in dieses lupenreine Blau.

„Es begann mit dieser unsäglichen Fahrt von Portland nach Cannon Beach. Sarah hat ja gar nicht mehr aufgehört zu schreien, nachdem du ihr das Telefon entrissen hast. Ich hatte sogar Angst, dass sie sich aus dem Fahrzeug stürzen würde, deshalb habe ich die Kindersicherung angeschaltet."

„Man stelle sich vor, eine Kindersicherung für einen tobenden Teenager", sage ich. Die wüsten Verwünschungen meiner Tochter waren wie Messerstiche in meine Seele gedrungen. Ich konnte nicht glauben, dass eine Vierzehnjährige zu solchen Gemeinheiten fähig wäre.

„Du hast das einzig Richtige getan. Solange wir nicht wussten, was es mit Leahs Ähnlichkeit mit dem verschwundenen Mädchen auf sich hat, musstest du unter allen Umständen verhindern, dass sie Matthew anruft."

„Dafür habe ich ihn noch am selben Abend angerufen. Er war so verzweifelt, weil Leah immer noch nicht wiederaufgetaucht war. Stundenlang hätten sie ihn auf der Polizei festgehalten. Sie glaubten angeblich, dass er seiner Tochter etwas angetan hätte, vor allem, weil Sarah und ich so überstürzt abgereist waren. Er hat mir tatsächlich leidgetan. Ich habe gebetet, dass sich das alles nur als falscher Alarm herausstellt. Ich wollte meine Familie wiederhaben, ich wollte, dass alles wieder so sein würde wie am Tag zuvor."

„Ich weiß", sagt Chris. „Sarah hörte überhaupt nicht mehr auf zu zetern. Als wir in der Hotelanlage angekommen sind, hat sie Sieglinde und ihre Geschwister keines Blickes gewürdigt. Nicht mal die Kaninchen haben sie interessiert."

„Diese Kaninchen. Ich habe noch nie so viele Hasen auf einem Haufen gesehen. Es müssen Tausende gewesen sein, die da rumgehoppelt sind. Schwarze und weiße und braune. Sieglinde hat dann beim Abendessen den Vorschlag gemacht, dass wir beide nach Portland fahren sollten, um zu recherchieren. Und Sarah sollte bei ihr und den Kids bleiben."

„Wir hätten Sarah mitnehmen sollen."

„Ja", sage ich. „Das hätten wir."

Chris und ich schweigen. Jeder von uns hängt seinen Gedanken nach. Es war uns unmöglich vorgekommen, mit Sarah nach Portland zu fahren. Das Mädchen stellte sich an wie ein bockiger Esel. Sie schwieg verstockt, gab keine Antwort auf Fragen, und wenn man sie zu irgendetwas aufforderte, fing sie an zu schreien wie ein abgestochenes Kalb. Deshalb haben wir Sarah in die Obhut von Sieglinde gegeben. An der Rezeption hatten wir darum gebeten, dass sie unsere Telefonleitungen stilllegen sollten. Die Einzige, die noch ein Telefon hatte, war Sieglinde, und die versprach, auf dem Ding sogar zu schlafen.

„Die ganze Situation hatte etwas Unwirkliches", sagt Chris. „„Das werdet ihr bereuen! Ich will ein Telefon, verdammt noch mal, das könnt ihr mit mir nicht machen!"" Chris schafft es wieder, genau Sarahs Tonfall zu treffen. „Ich höre meine Tochter immer noch zetern. Sie hat uns gedroht, abzuhauen. Sich etwas anzutun."

„Wir haben das nicht ernst genommen", sage ich.

„Wir haben ihren Willen unterschätzt", gibt Chris zu. „Aber was hätten wir denn sonst tun sollen? Wir wussten ja auch nicht, wie wir das Ganze angehen sollten. Wir sind einfach auf gut Glück nach Portland gefahren."

„Die letzte Erinnerung an meine Tochter ist eine Flasche Wasser, die sie mir hinterherschmeißt", sage ich.

Chris nimmt meine Hand.

„‚Das wirst du bereuen, das schwöre ich dir', hat sie mir hinterhergerufen." Ich schlucke.

Portland

Die Sonne steht bereits senkrecht über dem Chiemsee. Kein Wölkchen trübt den schönen Sommertag. Doch in unsere Köpfe kann kein Sonnenstrahl vordringen, die Erinnerung ist wie eine geschlossene Wolkendecke, die sich über unser Leben gelegt hat.

Ich sage: „Du hattest vorgeschlagen, die Nummer anzurufen, die auf der Website des TV-Senders angegeben war. Aber das wollte ich nicht. Wir waren ja nicht hundertprozentig sicher, dass Leah Emily war, und wir wollten auch Matthew nicht beschuldigen, bevor wir nicht ganz genau recherchiert hatten. Matthew war sowieso in einer schwierigen Situation in Berlin. Das versuchte ich wenigstens zu glauben, damals."

„Du brauchst dich deshalb nicht zu geißeln, Ela!"

„Und so sind wir nach Portland gefahren. Im Web haben wir die Adresse von den Mitchells recherchiert. Sie wohnten gar nicht direkt in Portland, sondern in Lake Oswego, ein paar Meilen außerhalb."

„Es war ein kleines Paradies. Holzverkleidete Häuser unter alten Bäumen, die direkt am See standen, jedes Haus hatte einen eigenen Bootsanleger", sagt Chris.

„Wir hatten Mühe, das Haus der Mitchells zu finden, weil unser Navi anfing zu spinnen. Wir sind dreimal im Kreis gefahren, weißt du noch?"

„Wir haben uns dann durchgefragt, bis wir endlich ihr Häuschen gefunden hatten."

„Was gar nicht so einfach war, die Community schien wie ausgestorben."

„Bis auf die mexikanischen Gärtner."

„Die nicht einen Ton Englisch sprachen", sage ich. „Wir haben dann trotzdem das Haus der Mitchells gefunden. Nur waren die leider nicht zu Hause. Auch niemand von den Nachbarn war zu Hause, es war zum Verrücktwerden."

„Kein Wunder. Wer in so einer bevorzugten Wohnlage wohnt, muss arbeiten."

„Du hast dann einen Zettel in ihren Briefkasten geworfen, mit der Bitte, mich anzurufen."

„Wir sind durch die Gegend gefahren, in der Hoffnung, dass bald ein Anruf kommt", sagt Chris.

Die kleine Vorstadt von Portland liegt nicht nur idyllisch am gleichnamigen See, sondern auch am Ufer des Willamette River, der weiter nördlich in Portland in den Columbia River fließt.

„Als wir am Abend immer noch keine Nachricht von den Mitchells hatten, sind wir nochmal zu ihrem Haus gefahren. Dort haben wir zwar nicht die Mitchells, aber immerhin ihren freundlichen Nachbarn angetroffen."

Von dem haben wir erfahren, dass die Mitchells am Vortag nach Tacoma gefahren waren. Er fragte: „Kann ich Ihnen weiterhelfen?" Doch als ich wissen wollte, wann die

Mitchells wiederkommen, wurde der Mann plötzlich vorsichtig. Wieso wir das denn wissen wollten, fragte er. Ich habe ein wenig rumgestottert, weil ich nicht wusste, was ich sagen sollte. Doch dann hatte ich eine Idee. „Darf ich näher kommen und Ihnen etwas zeigen“, habe ich ihn gefragt.

„Du hast ihm ein Bild von Matthew gezeigt und gefragt, ob er den Mann kennen würde“, sagt Chris.

Das war eine spontane Eingebung von mir. Ich weiß noch, dass ich gezittert habe, als ich ihm mein Smartphone zeigte. Er hat meinen Mann sofort erkannt.

„Yep, das ist doch Matthew. Matthew, äh, äh, Turner. Genau. Der Vater von der kleinen Leah. Hat früher hier gewohnt.“ Er zeigte mit der Hand irgendwohin in die Ferne, auf eine andere Häuserzeile. „Was ist mit ihm? Matt hat vor ein paar Jahren sein Haus verkauft. Ich glaube, er hat wieder geheiratet. In Frankreich? Oder war es Belgien?“, sagte der mitteilungsfreudige Nachbar. „Seine erste Frau ist bei einem Autounfall ums Leben gekommen, tragische Sache. Sie ist auf dem Walmart-Parkplatz von einem Auto überfahren worden. Ein uralter Mann hat Vorwärts- und Rückwärtsgang verwechselt und statt auf die Bremse aufs Gas getreten. Wirklich tragisch, sie war so eine nette Person, die Mrs Turner. Lindsay hieß sie, glaube ich. Und die arme Tochter musste das mitansehen. Sie war ja noch so jung. Und genauso hübsch wie die Mutter.“

Ich hatte gezögert, ob ich dem Nachbarn auch ein Foto von Leah zeigen sollte. Aber dann entschied ich mich dagegen. Die Mitchells sollten das Foto sehen und nicht irgendwelchen Klatsch von den Nachbarn hören, fand ich. Deshalb verabschiedeten wir uns.

„Wir haben von ihm noch erfahren, dass die Mitchells am nächsten Tag zurückkommen wollten“, sage ich.

„Immerhin hat er uns ihre Telefonnummer gegeben, was mich gewundert hat“, sagt Chris.

„Mich auch. Ich weiß nicht, was ich machen würde, wenn mein Nachbar irgendwelchen Fremden erzählen würde, dass ich gerade nicht zu Hause sei, und dann auch noch freiwillig meine Telefonnummer rausrückt. Er hätte ja Angst haben können, dass da jemand bei seinen Nachbarn einbrechen will.“

„Wir haben wohl einen seriösen Eindruck gemacht. Außerdem nehmen die Amerikaner es nicht so genau mit dem Datenschutz. Da kannst du im Internet lesen, was dein Nachbar für Clubmitgliedschaften pflegt, wie hoch die Hypotheken auf sein Haus sind und ob er jemals straffällig geworden ist“, sagt Chris.

„Ich bin mir nicht mal sicher, ob die Mitchells ihr Haus abgeschlossen haben. Du kennst doch die amerikanischen Schlösser, die Diebe brauchen eine Minute, um sich darüber totzulachen, und drei Sekunden, um einzubrechen.“

Chris nickt. „Wir haben uns entschieden, zurück nach Cannon Beach zu fahren und es am nächsten Abend bei den Mitchells noch mal direkt zu versuchen.“

„Ich hatte wegen Sarah ein mulmiges Gefühl und wollte mit einem Mal so schnell wie möglich wieder zurück nach Cannon Beach“, sage ich.

„Und zu Recht. Auf dem Rückweg haben wir versucht, Sieglinde zu erreichen. Sie ging nicht ans Telefon."

„Da hast du dir vor Angst fast in die Hosen gemacht", sage ich und denke, dass es mir genauso ging. Die Fahrt von Portland zu dem Badeort ist ja nicht weit, nicht mal zwei Stunden, aber die kamen mir vor wie eine kleine Ewigkeit.

Chris schiebt seinen Liegestuhl auf meinem Balkon zum Chiemsee zurück und steht auf. „Wir sollten langsam mal essen gehen", sagt er.

Ich schaue ihn entsetzt an. „Jetzt?"

„Ja, jetzt, ich sterbe vor Hunger."

Ich beneide Chris, er kann immer essen. Ich habe überhaupt keinen Hunger. Seit den „Ereignissen" muss ich mich zum Essen zwingen. „Es ist drei Uhr", sagt er.

„Da hat der Speisesaal zu. Auf der Seeterrasse bekommst du um die Zeit Kaffee und Kuchen", sage ich.

„Von mir aus auch Kaffee und Kuchen."

Ich weiß, dass er mich ablenken will von den traurigen Erinnerungen. Aber es ist egal, wo wir sind, ob auf dem Balkon, auf der Seeterrasse, im Speisesaal oder auf dem Wanderweg – Sarah ist überall, unsere Gedanken sind bei unserem Kind.

„Kaffee und Kuchen können wir uns auch aufs Zimmer bringen lassen", sagt er.

Wahrscheinlich denkt er das Gleiche wie ich.

Wo ist Sarah?

Wieso meldet sie sich nicht, verdammt, habe ich die ganze Fahrt zurück nach Cannon Beach gedacht. In meinem Kopf spielten sich die übelsten Szenen ab. Mehrmals hatte ich in der Zwischenzeit versucht, Matthew zu erreichen, um zu erfahren, ob sie Leah gefunden hatten. Vergeblich.

„Eigentlich war ich mir sicher, dass Leah nicht mehr auftauchen würde. Nur über den Grund wagte ich nicht zu spekulieren“, nehme ich unsere Erinnerung an die Ereignisse wieder auf, nachdem Chris zwei Cappuccino und ein Stück Apfelkuchen beim Zimmerservice der Kurklinik am Chiemsee bestellt hat. „Du bist wie der Henker zurück nach Cannon Beach gefahren.“

„Und du hast Matthew nicht erreicht. Wir haben überlegt, die Polizei in Berlin zu informieren. Aber du wolltest absolute Sicherheit haben.“

„Ja, das war ein Fehler, dass ich nicht sofort die Berliner Polizei verständigt habe. Ich habe so viele Fehler gemacht, viel zu viele Fehler.“

„Ela, hör auf, dich zu martern. Du hast versucht, das Richtige zu tun. Es gibt keine Generalprobe für solche Situationen, du konntest nicht wissen, was passiert.“

„Meinst du nicht, dass sich die Ereignisse schon vorher angekündigt haben? Was habe ich übersehen? Ich hätte doch was merken müssen, oder?"

„Ich habe auch nichts gemerkt", sagt Chris und greift nach dem vierten Tagebuch von Sarah, das ganz oben auf dem Stapel liegt. Er blättert ein wenig darin herum. Ich habe Angst vor diesem Tagebuch, es ist für mich die Büchse der Pandora. Allerdings hatte ich beim ersten Überfliegen festgestellt, dass Sarah im Laufe des Jahres aufgehört hatte, Eintragungen in ihr Tagebuch zu machen. Drei Monate vor der Entdeckung von Emily hatte Sarah damit aufgehört.

„Hör dir das an!", sagt Chris. „Das kann ich nicht glauben."

„Hör auf, ich will das nicht hören!"

„Doch, das solltest du hören! Das musst du sogar hören! Das Ganze hat schon Monate vorher begonnen. Monate! Ich fasse es nicht!"

Liebes Tagebuch,

heute haben sich Matt und Leah gestritten. Leah ist total durchgedreht. Ich habe nicht so genau verstanden, was sie gesagt haben. Natürlich ging es wieder um einen Jungen, mit dem Leah ausgehen wollte. Matt hatte was dagegen. Er findet immer einen Grund, warum er dagegen ist. Alle Jungs, mit denen Leah ausgehen will, sind kriminell, asozial oder „absolut indiskutabel". Dabei ist Leah schon siebzehn, ich weiß nicht, warum sie nicht lügt. Ich würde lügen. Ich habe sie gefragt, ob sie es schon mal mit einem

Jungen gemacht hat. Da hat Leah nur gelächelt, den Finger auf den Mund gelegt und Psst gemacht. Es ist also amtlich, Leah hat schon gepoppt. Alle Jungs sind hinter Leah her, kein Wunder, so wie sie aussieht. Ich glaube, Matt ist eifersüchtig auf Leahs Freunde. Als Leah abends beim Tennis war, bin ich zu Matt gegangen und habe ihn gefragt, warum er sich mit Leah gestritten hat. Er hat mich auf seinen Schoß gezogen und gekitzelt. Da haben wir beide gelacht. Plötzlich hat er mir die Haare aus dem Gesicht gestrichen und gesagt, dass ich schön bin. Das hat mir noch niemand gesagt. Und die Art, wie er mich angesehen hat, wow!

Chris lässt das Tagebuch sinken und sieht mich an. „Findest du das okay?", fragt er mich.

„Ich habe es gut gefunden, dass er unserer Tochter gesagt hat, dass sie schön ist. Sie hatte wirklich Komplexe. Völlig zu Unrecht natürlich. Im Nachhinein finde ich es allerdings ganz und gar nicht okay."

Es klopft an der Tür. Ich bitte den Zimmerservice, beim Hinausgehen das Frühstücksgeschirr mit meinen kalt gewordenen Rühreiern mit Speck wieder mitzunehmen.

Der Angriff

„Wenn ich wenigstens an diesem Abend, als wir unverrichteter Dinge aus Portland zurückgekommen sind, die Polizei in Berlin verständigt hätte. Aber ich habe immer noch gehofft, dass sich alles als ein riesengroßer Irrtum herausstellen wird, ich wollte das, was ich vermutet hatte, direkt aus dem Mund von Emilys Eltern hören", sage ich, als ich mich wieder zu Chris auf den Balkon setze. Er fällt über den Apfelkuchen her wie ein Verdurstender auf ein Wasserloch in der Wüste.

„Das war zugegebenermaßen falsch. Aber ich konnte dich verstehen. Ich weiß nicht, wie ich reagiert hätte, wenn sich der Verdacht erhärtet hätte, dass Sieglinde eine Straftat begangen hat. Ohne hundertprozentige Sicherheit hätte ich sie auch nicht an den Pranger gestellt", gibt Chris kauend zu bedenken. „Schließlich hast du Matthew mal geliebt."

„Weißt du, was das Merkwürdigste ist? Ich fühlte in Bezug auf Matthew – nichts. Angesichts des unglaublichen Verdachts hätte ich doch etwas fühlen müssen. Wenn man jemanden liebt, ist es doch normal, dass man ihn beschützen will, dass man enttäuscht ist, weil man von ihm getäuscht wurde, verletzt – oder zumindest gedemütigt. Aber ich fühlte nichts. Gar nichts. Es war, als würde ich einer anderen Person über die Schulter schauen, das war nicht ich, das betraf mich nicht."

„Du hast all deine Gefühle auf deine Tochter konzentriert, du wolltest sie beschützen", sagt Chris.

Ich blicke erstaunt auf den Kuchenteller. Hat da nicht vor ein paar Sekunden ein großes Stück Apfelkuchen gelegen?

„Dabei hat sie uns ganz schön an der Nase rumgeführt", sage ich.

„Sieglinde hat sich bis heute nicht von dem Schock erholt", sagt Chris. „Sie lässt dich übrigens grüßen."

„Sie kann mich nicht leiden."

„Du sie auch nicht, oder?"

Ich nicke.

„Ihr lebt in zwei verschiedenen Welten", sagt Chris.

Das stimmt wohl. „Wer wäre auch auf die Idee gekommen, dass unsere Sarah sich ohne Smartphone zu einer Furie entwickeln würde."

„Wieso, eigentlich haben wir das ja auch erlebt, sie hat regelrecht randaliert im Wagen, als du ihr das Telefon aus der Hand gerissen hast", sagt Chris.

„Dass sie zetern, toben und schreien würde, damit habe ich gerechnet. Aber nicht, dass sie Sieglinde tätlich angreifen würde."

Bei der Erinnerung an diesen Abend brach mir immer noch der Schweiß aus. Da niemand ans Telefon ging, waren wir schon darauf vorbereitet, dass irgendetwas passiert war. Das Szenario, das sich uns allerdings an diesem Abend präsentierte, übertraf unsere schlimmsten Befürchtungen bei weitem.

Sieglinde war mit den Kids zum Strand gegangen und hatte ihr Handy in ihrer Handytasche um den Hals getragen. Sie muss geahnt haben, dass Sarah nur darauf lauerte, dass sie es irgendwann unbeaufsichtigt liegen lassen würde. Aber so leicht ließ Sieglinde sich nicht austricksen, schließlich war sie als Pädagogin den Umgang mit schwierigen Teenagern gewohnt. Sieglinde blieb am Strand liegen und ging nicht ins Wasser, egal, wie lange ihre Kinder bettelten.

Am frühen Abend kehrte sie mit den Kindern und Sarah zurück ins Hotel und bat Sarah, Anton und Mathilde zu baden, da die beiden Kleinen den halben Sandstrand mitgenommen hatten. Währenddessen setzte Sieglinde sich für ein paar Minuten auf die kleine Terrasse in die Abendsonne und beobachtete die Kaninchen bei ihrem Abendessen. Dabei hatte sie die Handytasche auf den Tisch neben das Windlicht gelegt. Nicht im Traum war sie auf den Gedanken gekommen, dass Sarah in ihrer Wut dazu fähig war, ihre kleinen Geschwister allein in der Badewanne zu lassen.

„Mir ist heute noch ganz schlecht, wenn ich daran denke, wie wir Sieglinde gefunden haben“, sage ich.

„Beziehungsweise erst mal nicht gefunden haben.“ Chris rauft sich bei der Erinnerung die Haare.

Als wir im Hotel in Cannon Beach angekommen waren, stand die Tür zu dem Häuschen von Chris und Sieglinde offen. Von Sieglinde und den Kids und auch von Sarah war nichts zu sehen. Wir sind hineingegangen und haben gerufen. Nichts. Ich habe in das Badezimmer links von der Eingangstür geschaut. Und da habe ich sie gesehen, die Blutstropfen auf dem Boden. In der Badewanne stand noch Wasser, es war leicht rosa gefärbt. „Oh Gott", rief ich, „Chris, hier ist was passiert, guck mal."

In dem Moment rief Chris von der Terrasse des Holzhäuschens: „Oh fuck!" Ich stürzte hinaus zu ihm. Ein Stuhl war umgestürzt, daneben lagen Glasscherben von dem Windlicht, das normalerweise auf dem Beistelltisch stand. Und auf dem Boden waren Blutstropfen. Von Sieglinde und den Kindern keine Spur.

Sarahs viertes Tagebuch

Ich muss aufstehen, weil ich es bei dem Gedanken an die Geschehnisse in Oregon nicht mehr in meinem Stuhl aushalte. Uns war beiden der Schreck in die Glieder gefahren.

„Willst du was Kaltes trinken? O-Saft, Cola, Selters?“, frage ich meinen Exmann.

„Gib mir eine Cola“, sagt er und greift sich erneut das Tagebuch. „Oh Mann, hör dir das an!“

Liebes Tagebuch,

Matt glaubt, dass ich es nicht merke. Seine Blicke haben sich verändert. Heute habe ich ihn erwischt, wie er mir auf den Busen gestarrt hat. Als er gemerkt hat, dass ich es gesehen habe, hat er sofort in die andere Richtung geguckt. Ich habe ihn einfach direkt gefragt: „Magst du meinen Busen?“ „Du bekommst einen ganz tollen Busen“, hat er gesagt. Ich habe gelacht und bin mit dem Hintern wedelnd aus dem Raum stolziert. Wenn Blicke ausziehen könnten, wäre ich splitterfasernackt gewesen.

„Es ist mir rätselhaft, dass du das nicht gemerkt hast", sagt Chris. Ich weiß, dass er das nicht als Vorwurf meint, aber mir dreht sich bei diesen Passagen auch der Magen um.

„Wenn ich dabei war, hat er sich verhalten wie ein richtig guter Vater", sage ich. „Und zwar vom ersten Tag an. Wie ein ganz toller Daddy. Deshalb habe ich mich ja in ihn verliebt. Weil er so unglaublich gut mit Sarah umgehen konnte", versuche ich mich zu verteidigen. Ich weiß, dass ich einfach nicht genau hingesehen habe, weil ich mit meinen Gedanken bei anderen Problemen war. Jedes Problem meiner Kunden war wichtiger als meine eigene Familie.

„Sarah hat vom ersten Tag an von ihm geschwärmt", sagt Chris. „Am Anfang dachte ich, sie wollte mich eifersüchtig machen."

„Und, hat sie es geschafft?"

Chris antwortet nicht. Er starrt hinaus auf den See. Vielleicht hat Sarah recht gehabt, denke ich. Vielleicht war ich wirklich blind und taub.

Chris ist wieder bei den Geschehnissen in Oregon: „Wir waren beide in Panik, als wir das Blut auf dem Boden der Terrasse und im Bad gesehen haben", katapultiert mich mein Ex ein Jahr zurück ins *Inn at Cannon Beach*.

Wir haben immer wieder versucht, auf Sieglindes Handy anzurufen. Aber es meldete sich wieder nur die Mailbox. Ich lief, ohne nachzudenken, zu der Rezeption, die sich in einem Holzhaus am Eingang zu dem Bungalow-Park befand.

„Haben Sie Frau Martens und unsere Kinder gesehen?",

schrie ich das junge Mädchen an, das an diesem Abend Dienst hinter dem Anmeldetresen hatte. Das Mädchen war nicht gerade eines der helleren.

Sie zuckte die Schulter und fragte: „Wen?"

Ich schrie: „Die Deutsche mit zwei kleinen Kindern und einem Teenager."

„Ach so, die sind mit der Feuerwehr weg", sagte das Mädchen.

„Wohin? Was ist passiert?"

„Keine Ahnung, die Feuerwehr hat sie geholt."

„Wo ist das nächste Krankenhaus?"

Sie wollte mir aufmalen, wie ich dorthin kommen konnte.

Inzwischen war Chris hinter mich getreten. „Komm, wir haben ein Navi."

Wir rannten zum Mietwagen, und Chris raste nach meinen Angaben den Highway hinunter zum Providence Seaside Hospital. Ironie des Schicksals: Es war das Krankenhaus, in das er angeblich eingeliefert worden war. Chris fuhr direkt bis zum Haupteingang.

„Hey, Sie dürfen hier nicht parken", schallte es auch sofort aus dem Inneren des Krankenhauses.

„Gib mir die Schlüssel", sagte ich. Chris warf sie mir zu und stürmte zur Information, während ich mit zitternden Knien den Wagen auf einen legalen Parkplatz fuhr. Dann lief ich Chris hinterher.

Er hatte inzwischen erfahren, dass die Notaufnahme um die Ecke zu finden war, wir rannten also gemeinsam einmal ums Haus herum. In der Notaufnahme saßen mindestens zwanzig Menschen, manche mit blutenden

Wunden, eine Frau hielt sich den Arm. Von Sieglinde und den Kids keine Spur. Chris ging zum Infoschalter und fragte nach.

„Ja, Ihre Frau ist hier, und Ihre beiden Kinder auch“, sagte die Frau, nachdem sie sich von Chris den Ausweis hatte zeigen lassen und in eine Liste geschaut hatte. Auf die Frage von Chris, was denn passiert sei, zuckte sie nur die Schultern. „Sie können hineingehen“, sagte sie zu Chris. Ich wollte ihm folgen, aber sie hielt mich zurück. „Sorry, nur Angehörige.“

„Aber meine Tochter, Sarah, ist sie nicht dabei?“

Die Frau schaute mit aufreizender Langsamkeit in ihre Liste. „No, sorry, M'am.“

„Warte hier!“, sagte Chris. „Ich gehe rein und schaue, was los ist. Bin gleich wieder da.“

Am liebsten hätte ich laut geschrien: Wo ist Sarah? Was ist passiert?

Ich konnte unmöglich in dieser Notaufnahme sitzen bleiben und darauf warten, dass irgendetwas geschieht. Ich musste etwas tun. Aber was?

Ich ging nach draußen und versuchte, Matthew anzurufen. Aber der meldete sich auch nicht. Es war, als hätte man einen Bienenstock auf mich losgelassen. Ich, die ich normalerweise immer dann ganz ruhig werde, wenn es richtig heiß hergeht, war so nervös wie niemals zuvor in meinem Leben. Ich hatte Angst – nein, das ist zu wenig, ich war in Todesangst. So also fühlte sich das an. Das Blut pulsierte in meinen Adern, als ob es kochte. Spucke sammelte sich in meinem Mund, als ob ich mich gleich übergeben müsste, und mein Magen krampfte sich zusammen. Oder war es das Herz?

Ich lief hin und her vor der Notaufnahme. Es war mir unmöglich, still zu sitzen, auch wenn ich keine Ahnung hatte, was ich mehr tun sollte, als auf eine Information von Chris zu warten.

Es dauerte eine gefühlte Stunde, bis Chris endlich aus der Notaufnahme kam. Er war blass wie ein Leichenhemd.

„Was ist passiert?", rief ich ihm zu.

„Komm, setz dich erst mal."

„Ich will wissen, was los ist, und mich nicht setzen", schrie ich, der Hysterie nahe.

Chris nahm mich in den Arm. „Sarah sollte Anton und Mathilda baden. Sieglinde hat sich für ein paar Minuten in die Sonne gesetzt und die Handytasche abgenommen. Sarah hat die Kinder in die Wanne gesetzt und das Wasser laufen lassen. Dann hat sie sich von hinten an Sieglinde herangeschlichen, um ihr das Handy zu klauen. Sieglinde hat sie wohl in letzter Sekunde gehört und nach der Tasche gegriffen. Da hat Sarahlein das Windlicht genommen und Sieglinde über den Kopf gezogen."

„Nein!", schrie ich. Ich ließ mich auf den heißen Asphalt sinken, denn mir versagten die Beine.

Chris ließ sich neben mir nieder.

„Wie geht es Sieglinde?"

„Das ist noch nicht alles", sagte er. „Es kommt noch schlimmer. Sieglinde hat nur eine kleine Platzwunde am Kopf. Sie ist vor Schreck mit dem Stuhl umgefallen. In der Sekunde hat Sarah die Handytasche gegriffen und ist damit getürmt."

„Scheiße, und nun, wo ist sie hin?"

„Keine Ahnung. Aber bitte, bleibe ganz ruhig. Wie gesagt, es kommt noch schlimmer. Als Sieglinde sich aufrappelt, hört sie ein Schreien aus dem Bad. Das Badewasser lief über, und Mathilde schrie, weil Anton mit dem Kopf unter Wasser lag und nicht mehr auftauchen wollte."

„Was? Um Gottes willen, was – wie geht es Anton?"

„Als Sieglinde ihn aus dem Wasser gezogen hat, war er bereits bewusstlos. Er hat viel zu viel Wasser geschluckt. Sie hat versucht, das Wasser aus ihm herauszupumpen, als das nicht ging, hat sie wie von Sinnen die Feuerwehr gerufen."

„Wie geht es Anton jetzt?"

Bitte, bitte, lieber Gott, lass Anton das überlebt haben, betete ich im Stillen.

„Sie untersuchen ihn noch. Er ist wieder bei Bewusstsein, aber sie machen noch einige Checks, ebenso mit Sieglinde. Könnte sein, dass sie eine Gehirnerschütterung hat."

Ich war wie vor den Kopf geschlagen. Das gab es doch gar nicht! Meine kleine Tochter Sarah, ein unschuldiger Teenager, hatte ihre Stiefmutter tätlich angegriffen und fast den Tod ihres kleinen Bruders verursacht. Ich legte den Kopf zwischen meine angezogenen Beine, um bei dem Gedanken nicht ohnmächtig zu werden.

„Wir müssen Sarah suchen!", sagte ich und wollte mich aufrappeln.

„Wir müssen erst mal hierbleiben, Ela, das Krankenhaus hat die Polizei gerufen, sie wollen auch mit dir sprechen. Die werden dann Sarah suchen."

„Bist du verrückt, die können doch Sarah nicht verhaften! Das wollte sie nicht, das war doch nur ein unglücklicher Unfall!"

„Komm, Ela, es lässt sich nicht ändern."

„Wir müssen sie vor der Polizei finden. Ich will ihre Version hören!"

„Ela, glaubst du im Ernst, dass Sieglinde gelogen hat?"

„Sieglinde soll der Polizei sonst was erzählen, aber nicht diese Räuberpistole, die du mir da gerade auftischst!"

„Michaela, krieg dich wieder ein. Sie ist auch meine Tochter!"

„Na eben, dann geh jetzt zu deiner Frau und sag ihr, dass sie gefälligst der Polizei gegenüber den Mund halten soll."

„Ela, die verdächtigen sie selbst, ihr Kind ertränkt zu haben. So was scheint hier öfter vorzukommen."

„Dann will ich dabei sein, wenn sie mit der Polizei spricht."

Ich schrie nicht mehr, ich flatterte nicht mehr, ich wurde gerade ganz ruhig. Da war sie endlich wieder, die krisenerprobte Michaela Martens.

Inzwischen schickt sich die Sonne an, hinter den Voralpen unterzugehen. Chris lässt sich im Liegestuhl zurückfallen. Für einen Moment, so scheint es, genießt er den Sonnenuntergang. Aber dann sagt er: „Puuh, das war ein Schreck."

Und so weiß ich, dass er eben genauso wie ich diese panischen Stunden erneut durchlebt hat.

„So, mir hängt der Magen bis auf die Erde. Komm, lass uns in den Speisesaal essen gehen."

Obwohl ich keinen Hunger habe, stimme ich zu. Nur weil mir der Magen wie zugeschnürt ist, muss mein Ex nicht hungern.

„Ich will mich nur rasch ein bisschen zurechtmachen", sage ich. Ich bin durchgeschwitzt bei all diesen bösen Erinnerungen.

„Dann treffen wir uns um halb acht im Speisesaal", sagt Chris und steht auf. Ich gehe unter die Dusche, aber auch das warme Wasser kann die Erinnerung und die Bedrückung nicht wegspülen.

Der Safe

„Gott sei Dank ist Sieglinde und vor allem Anton nicht mehr passiert. Ich hätte mir das niemals verziehen“, sagt Chris, als wir im Speisesaal am Fenster sitzen. Ich will nur einen kleinen Salat mit Hähnchenbrust, Chris bestellt sich ein Ossobuco. Die Ereignisse haben seinen Appetit jedenfalls nicht geschmälert.

„Was hättest du dir nicht verziehen, dass du Sarah allein gelassen hast, um mir zu helfen? Wer kommt denn auch auf den Gedanken, dass die eigene Tochter so skrupellos sein kann“, sage ich, als der Kellner uns verlassen hat.

Ich schaue aus dem Fenster auf den Chiemsee und die am Ufer dümpelnden Segelboote. Aber meine Gedanken sind in Oregon. Der Kellner bringt die Getränke.

„Lass uns von was anderem reden“, sagt Chris. „Wenigstens solange wir essen.“

„Bist du nicht deshalb hierhergekommen, um mit mir noch mal darüber zu reden?“

Chris schaut jetzt auch aus dem Fenster. „Ich weiß, dass es dir schlecht geht. Ich habe Sieglinde und die Kinder, du bist ganz alleine.“

„Gibt es einen Tag, eine Stunde, in der du seit den Ereignissen nicht daran gedacht hast?“, frage ich ihn.

Chris braucht mir nichts vorzumachen, ich weiß, dass er genauso traumatisiert ist wie ich. Nur fehlt ihm der Mut, zu einer Frau Dr. Donath zu gehen und um Hilfe nachzusuchen. Das sage ich nicht, ich will ihn nicht verletzen.

Während des Essens schweigen wir uns an, jeder von uns beiden hängt seinen Gedanken nach.

Es war eine brenzlige Situation. Die Polizei wollte von Sieglinde ganz genau wissen, was passiert war. Und ich wollte, dass sie Sarah suchen, ohne dass eine Anzeige gegen sie vorlag. Außerdem wollte ich nicht, dass wir über Matthew redeten.

Leider ließen die Polizisten mich nicht zu Sieglinde. Sie befragten Chris und mich getrennt. Chris und ich hatten uns vorher auf ein Wording geeinigt: Verliebter Teenager versucht, an ein Handy zu kommen. Ich gab also die verzweifelte Mutter, die ihre unvernünftige Tochter sucht. Aber was hatte Sieglinde erzählt?

Als Chris den Teller ein Stück von sich wegschiebt und das Besteck darauf legt, sagt er: „Sieglinde hat sich großartig verhalten.“

Auch er kann also nicht abschalten.

Ich kann ihm nur zustimmen: „Sie hat genau das Gleiche erzählt wie wir, hormongesteuerter Teenager dreht durch.“

Und dann begann die Suche nach Sarah. Sie hatte Sieglindes Handy, Chris hatte den Polizisten ihre Nummer genannt, damit sie sie orten konnten. Ich hatte den Polizisten Fotos von Sarah gegeben.

Chris blieb noch im Krankenhaus, wo sie Anton über Nacht zur Beobachtung behalten wollten, ich fuhr mit Mathilde in unser Hotel. Unterwegs besorgte ich uns beiden eine Pizza.

Da ich mit der Sechsjährigen alleine war, konnte ich meinen Bungalow nicht verlassen.

Wieder und wieder versuchte ich, Matthew zu erreichen. Ohne Erfolg. „Matt, bitte melde dich." Mehr, als seinen Anrufbeantworter anzuflehen, blieb mir nicht übrig. Was war inzwischen in Berlin passiert? War Leah wiederaufgetaucht? Auch unter Leahs Nummer schaltete sich nur die Mailbox ein.

Mehrmals versuchte ich, Sarah über Sieglindes Handy zu erreichen. Natürlich erkannte sie meine Nummer, ich nehme an, Sieglinde hatte ein besonders schreckliches Foto und eine ebensolche Melodie für meine Anrufe eingerichtet. Langsam hatte ich die Nase voll von Anrufbeantwortern.

Nachdem ich Mathilde ins Bett in meinem Bungalow gebracht hatte, streckte ich mich auf meinem Bett aus und starrte die Wand an. Was sollte ich tun, was konnte ich tun? Ich musste mit den Mitchells reden. Und ich musste meine Tochter finden. Eins nach dem anderen. Wo konnte ein Teenager ohne Geld sich verstecken? Ohne Geld? Mir wurde heiß.

Ich sprang auf und ging zum Wandschrank, in dem sich ein Safe befand. Meine Tochter kannte meine Vorliebe für 4711 als Code. Und richtig, der Safe war leer. Ich hatte dort mehrere Kreditkarten und zweihundert Dollar deponiert, die ich am Flughafen getauscht hatte, um ein wenig Bargeld für Trinkgelder und Kleinigkeiten zu haben. Auch Sarahs Pass war verschwunden. Verdammt!

„Was hältst du von einem kleinen Verdauungsspaziergang am Chiemsee?", platzt Chris mitten hinein in meine Erinnerungen.

Ich stimme ihm zu. Am liebsten würde ich wieder laufen, rennen, außer Puste sein, um etwas anderes zu spüren als diese schreckliche Schuld, die wie ein Felsbrocken auf meiner Seele liegt.

Die Entdeckung

Ich fröstele. Draußen ist es merklich kühler geworden, Herbst liegt in der Luft. „Ich habe in Oregon eine Reihe von Entscheidungen getroffen, die falsch waren“, sage ich, während wir in der einsetzenden Dunkelheit auf einem beleuchteten Weg am See entlanggehen. Die Entdeckung, die ich im Hotel gemacht hatte, hat mich vor eine schwere Entscheidung gestellt.

Sollte ich die Kreditkarten sperren lassen? Dann würde Sarah sie nicht benutzen können. Aber wollte ich meine Vierzehnjährige wirklich ohne Geld da draußen rumirren lassen? Auf was für Ideen würde das Mädchen kommen, um ein paar Dollar zu ergattern? Konnte man vielleicht anhand der Kreditkarten ihren Aufenthaltsort feststellen?

Das war die Idee. Ich suchte aus meinem kleinen roten Buch die Kreditkartendaten zusammen. Und dann rief ich die Telefonnummer an, die die Polizisten mir gegeben hatten.

„Prima“, sagte der Polizist, „damit müssten wir die kleine Lady bald kriegen.“

Ich vertraute einfach darauf, dass es in den Vereinigten

Staaten sehr viel einfacher für die Polizei war, an die Kreditkartendaten eines Menschen zu kommen, als in Deutschland. Bei uns hätte das Tage gedauert und wäre ohne richterlichen Beschluss wahrscheinlich gar nicht möglich gewesen. Überhaupt vertraute ich auf die allumfassende Videoüberwachung in den USA, schließlich schaute einem hier in jeder Burger-Bude eine Überwachungskamera zu, wie man den Ketchup von den Fingern schleckt.

Als ich mich wieder auf meinem Bett ausgestreckt hatte, fragte ich mich, was ich an Sarahs Stelle getan hätte. Wohin würde ich fliehen? Es war zwar Sommer, aber die pazifischen Nächte waren kalt. Ich konnte mir nicht vorstellen, dass meine verwöhnte Tochter nachts am Strand nächtigen würde. Worauf wartete sie, wohin wollte sie?

Es gab nur eine einzige logische Erklärung für Sarahs Verhalten. Eine Erklärung, die mir das Blut in den Adern gefrieren ließ. Sarah wollte Matthew warnen. Oder wollte sie zu ihm nach Berlin? Über das Warum wollte ich einfach nicht spekulieren, obwohl ich eine dumpfe Ahnung davon hatte, was passiert sein könnte. Hatte Matthew meine kleine Tochter verführt?

Ich versuchte, mich damit zu beruhigen, dass es meine Angst war, die solche Ideen gebiert. Doch aus was für einem anderen Grund verhielt sich meine Tochter wie eine Kriminelle? Zumindest kam sie allein nicht von hier weg, sie konnte sich auch kaum auf eigene Faust ein Flugticket nach Deutschland kaufen, beruhigte ich mich. Oder?

Also würde sie Himmel und Hölle in Bewegung setzen, dass Matthew kam und sie holte. Aber kam Matthew aus

Deutschland überhaupt noch weg? Ich hatte keine Ahnung, wie der Sachstand mit Leah war. Da ich Matt nicht erreichte, ging ich davon aus, dass er nicht telefonieren konnte. Und die einzige logische Erklärung für mich war, dass er von der Polizei festgenommen worden war.

„Ich weiß noch“, sagt Chris mitten hinein in meine Gedanken, „als ich aus dem Krankenhaus zurück ins Hotel in Cannon Beach kam, schlief Mathilde tief und fest. Nachdem du mir erzählt hast, dass deine Kreditkarten und das Geld weg waren, habe ich Mathilde erst mal zurück in meinen Bungalow gebracht. Ich war wie vor den Kopf gestoßen. Das kann doch nicht im Ernst unsere Tochter sein, habe ich gedacht. Aber so war es nun mal. Unsere Sarah war ein skrupelloses Mädchen.“

„Und ein sehr durchtriebenes dazu“, sage ich. „Während ich auf dich wartete, war mir eine Idee gekommen.“

Ich lief quer durch den gepflegten Garten zur Rezeption. Kein Kaninchen kreuzte meinen Weg, offensichtlich schliefen die Langohren bereits oder trafen sich an einem anderen Plätzchen. Das Mädchen, das ich am frühen Abend an der Rezeption getroffen hatte, war noch im Dienst.

„Entschuldigen Sie bitte, ich habe eine Frage: Gibt es hier noch freie Bungalows? Ein Freund von mir würde uns gern besuchen kommen.“

Das Mädchen drehte sich Kaugummi kauend um und verwies auf ein Bord mit vier Schlüsseln. „Die sind noch frei.“

„Hhm. Könnten Sie vielleicht mal in die Reservierung schauen, wie lange die Häuser noch frei sind und wo sie genau liegen?"

„Klar", sagte das Mädchen und kaute weiter mit offenem Mund. Sie zog ein großes Buch unter dem Tresen hervor. Bingo, dachte ich, ich war mir sicher gewesen, dass sie ein Reservierungsbuch hatten und hier nicht alles digital lief. Denn als wir gekommen waren, hatte der Mann an der Rezeption auch in dem Buch nachgeschaut.

Das Mädchen öffnete das Buch, es war senkrecht in Tage und waagerecht in Nummern aufgeteilt. Sie zeigte mir den heutigen Tag und deutete auf die Nummern, die offensichtlich nicht belegt waren. Ich sah auf Anhieb, dass es fünf waren. Mit einem Blick verglich ich die Schlüssel am Bord mit den Nummern. Die Nummer elf zeigte zwar, dass sie leer war, aber ein Schlüssel mit der Nummer elf war nicht da. Außerdem schien die Nummer elf die nächsten fünf Tage frei zu sein. Ich war mir mit einem Mal sicher, dass ich Sarah dort finden würde.

Ich bedankte mich bei dem Mädchen und machte mich auf die Suche nach dem Häuschen Nummer elf. Das Haus war natürlich abgeschlossen, aber drinnen lief der Fernseher. Ich schlich außen herum und trat von der Gartenseite auf die Terrasse. Die Vorhänge waren zugezogen, aber durch den Spalt konnte ich einen Schuh sehen, der mir höchst bekannt vorkam. Meine Tochter hatte es sich dort gemütlich gemacht. Obwohl ich stinksauer auf sie war, kam ich nicht umhin, ihren Einfallsreichtum zu bewundern.

Was tun? Einem Impuls folgend wollte ich ans Fenster klopfen und mit ihr reden. Doch etwas hielt mich zurück. Erst nachdenken, Ela, sagte ich mir. Leise trat ich den Rückzug an. Ich war erleichtert.

Auf dem Weg zum Bungalow von Chris und Sieglinde wägte ich das Für und Wider ab. Solange Sarah in dem Holzhäuschen war, war sie in unserer Nähe und in Sicherheit. Sie hatte inzwischen bestimmt mit Matthew telefoniert. Mir fiel ein, dass ich Matthew immer unter meiner Nummer angerufen hatte. Was wäre, wenn er einfach nicht ans Telefon gehen wollte, weil er keine Lust hatte, mit mir zu sprechen? Womöglich nähme er ab, wenn es eine unbekannte Nummer in Oregon anzeigte. Das Telefon in dem Haus funktionierte wahrscheinlich.

Was für ein ausgekochtes kleines Luder meine Tochter doch war. Sie hatte uns alle ausgetrickst. Wahrscheinlich hatte sie Sieglindes Handy längst stillgelegt, um nicht gefunden zu werden.

„Sie ist hier, in Haus Nummer elf", habe ich Chris informiert. Ich konnte ihn nur mit Mühe davon abhalten, sich seine Tochter zur Brust zu nehmen. Er wollte sie am liebsten sofort zur Rede stellen.

„Die kann was erleben!"

Aber das erschien mir kontraproduktiv. Wenn Sarah sich im Hotel versteckt hielt, konnte das nur eins bedeuten: Sie wartete auf etwas. Man brauchte nicht viel Fantasie, um sich auszurechnen, auf wen oder was sie wartete: auf Matthew!

Das sah auch Chris so. „Du meinst, der Kerl kommt hierher?"

Ich versprach, die Fluglinien abzutelefonieren, vielleicht landete ich ja einen Treffer. Wenn ein Matthew Turner auf einer Maschine Richtung Portland saß, dann müsste Chris den Bungalow von Sarah bewachen. Und ich würde am nächsten Morgen die Mitchells anrufen, in der Hoffnung, noch am selben Tag einen Termin mit ihnen zu bekommen.

In meinem Bungalow stieg ich erst mal unter die Dusche, ich hatte das Gefühl, dass ich roch wie ein Puma. Mit meinem Laptop legte ich mich aufs Bett.

Fluege.de zeigte mir an, dass es in den nächsten zweiundsiebzig Stunden mehrere Flüge Richtung Portland geben würde. Lufthansa flog über Frankfurt und San Francisco, KLM und Delta über Amsterdam und Atlanta, Air France über Paris nach Atlanta, Swiss Air über Zürich und Chicago und Delta über Paris und Los Angeles. Ich musste mir also die ankommenden Flüge aus San Francisco, Atlanta, Chicago und Los Angeles in Portland anschauen. Deshalb erstellte ich mir eine Matrix mit den möglichen Ankünften und suchte die Telefonnummern der Fluggesellschaften auf dem Flughafen von Portland heraus. Ebenso die Abflüge in diese Destinationen.

Es war bereits weit nach Mitternacht, jetzt würde ich da niemanden mehr erreichen. Ich stellte mir den Wecker auf sieben Uhr, schloss meinen Laptop und versuchte – natürlich vergeblich – zu schlafen. Die dunklen Gedanken jagten mich von einer Bettseite zur anderen.

Als der Morgen graute, hatte ich immer noch kaum ein Auge zugetan. Der Wind heulte um die Hausecke, der Tag versprach nicht gerade Strandwetter. Ich machte mir in der kleinen hauseigenen Küche einen Kaffee und setzte mich mit Laptop und Telefon an den Frühstückstisch.

Nacheinander rief ich die Fluggesellschaften an. In der Nacht hatte ich mir überlegt, dass sie nur reagieren würden, wenn ich eine schreckliche Nachricht zu überbringen hätte. Deshalb hatte ich mir eine Legende gebastelt. Meine Frage war ganz einfach: Ist Passagier Matthew J. Turner auf dem Flug, dann müssten sie ihm bitte ausrichten, dass seine Mutter gestorben sei. Er hatte mir erzählt, dass seine Mutter bereits vor vielen Jahren verstorben war, und so gab ich mich als seine Schwester aus, die er meines Wissens nach nie gehabt hatte. Die Frauen, die ich ans Telefon bekam, waren alle sehr kooperativ, sie schauten tatsächlich in die Passagierlisten. Aber auf keinem der Anschlussflüge, die in Frage kamen, war Matthew gebucht. Ebenso wenig wie eine Sarah Martens auf einen Flug aus Portland gebucht war.

Das beruhigte mich zunächst ein wenig. Ich konnte Sarah also hier allein lassen, ohne Gefahr zu laufen, dass sie mit meinem Mann durchbrannte.

Kurz nach halb neun Uhr rief ich bei den Mitchells an. Mrs Mitchell klang vollkommen verstört, so als habe sie bereits alle Hoffnung aufgegeben, jemals wieder etwas von ihrer Tochter zu hören. Ich sagte ihr, dass ich in Bezug auf ihre Tochter eine Frage habe, die ich ihr aber nicht am Telefon stellen wolle, sondern lieber mit ihr persönlich besprechen würde. Wir verabredeten uns für den späten Nachmittag in Lake Oswego.

Ich ging hinüber zu Chris, der gerade der quengelnden Mathilde das Frühstück bereitete, froh, ihm nach meinen Recherchen Entwarnung geben zu können.

„Heute kommt jedenfalls kein Matthew Turner auch nur in die Nähe von Cannon Beach", sagte ich und bat Chris, mich zum nächsten Mietwagenverleih nach Astoria zu fahren, nachdem er Sieglinde und das Baby aus dem Krankenhaus abgeholt hat. Chris fragte, ob wir der Polizei nicht mitteilen sollten, dass sich unsere Tochter wieder eingefunden hatte.

Natürlich hatte ich darüber nachgedacht. Da ich mir aber nicht sicher war, ob sie nicht eine Anzeige gegen die junge Dame laufen hatten, wollte ich es erst einmal dabei belassen. Zur Sicherheit schlich ich mich noch mal zu Haus Nummer elf und lugte durch die immer noch zugezogenen Gardinen. Meine Kleine schien tief und fest zu schlafen.

Ich ging zurück in mein Häuschen und legte mich ein wenig auf das Bett, während ich auf meinen Exmann wartete.

Wieder drehte sich alles in meinem Kopf. Sollte ich nicht vielleicht doch Sarah holen und mit ihr zu den Mitchells fahren? Nein, das war keine Option, so wie die junge Lady im Auto ihres Vaters getobt hatte, wollte ich auf keinen Fall das Risiko eingehen, dass Sarah mir ins Steuer fasste oder aus dem Auto sprang. Ich konnte meine Tochter ja schlecht im Sitz festschnallen oder fesseln. Solange Matthew nicht in Oregon war und sie sich im Haus Nummer elf versteckte, war sie in Sicherheit.

Als Chris zweieinhalb Stunden später wiederkam, war er sichtbar erleichtert. „Anton hat keine bleibenden Schäden zurückbehalten“, sagte er.

Inzwischen ist es stockdunkel am Chiemsee geworden, außer den kleinen Lampen, die den Weg beleuchten, gibt nur der schmale Neumond einen blassen Schimmer.

„Lass uns ins Hotel zurückgehen, ich bin todmüde“, sage ich.

„Es wird auch langsam kalt“, stimmt Chris mir zu. Er bringt mich bis vor meine Zimmertür und nimmt mich in den Arm. Er weiß, dass ich genauso wenig eine gute Nacht haben werde wie er. Wir verkneifen uns also das „Schlaf gut“.

„Bis morgen, kommst du zum Frühstück?“

Chris nickt. „Bei dir auf dem Balkon? Um neun?“

Lake Oswego

Die Nacht war genauso schlimm wie all die Nächte vorher seit den Ereignissen. Ich habe Sarahs viertes Tagebuch gelesen. Gegen Morgen muss ich ein wenig eingenickt sein. Aber um halb acht bin ich schon wieder hellwach. Chris kommt um neun, wie verabredet. „Für mich nur Kaffee und ein Croissant", sage ich.

„Wann fährst du heim?", frage ich ihn dann. Ich weiß nicht, ob ich mir wünschen soll, dass er noch ein wenig bleibt.

„Um vier muss ich allerspätestens los, dann bin ich um zehn daheim. Ich muss morgen arbeiten."

„Sieglinde wird sich Sorgen machen, fahr lieber früher."

„Sieglinde war stocksauer auf dich in Cannon Beach", sagt er.

„Das kann ich mir vorstellen, sie hat mir nicht ganz zu Unrecht die Schuld an all den Ereignissen gegeben."

„Sie fand, dass euer Erscheinen in unserem Urlaub eine echte Zumutung war, und vor allem hat sie sich darüber geärgert, dass sie den Rattenfänger von Hameln geben musste, wie sie sich ausgedrückt hat. Wir hatten wirklich Krach, schließlich ist Sarah ja auch meine Tochter."

„Die Nummer, die unsere Tochter mit euren Kindern

und mit Sieglinde abgezogen hat, war unentschuldbar, daran gibt es nichts zu deuteln."

„Dabei war das noch harmlos gemessen an dem, was da noch kommen sollte", sagt Chris. Er blättert in Sarahs viertem Tagebuch, das ich auf den Balkontisch gelegt habe.

„Hör dir das an!", sagt er.

Liebes Tagebuch,

heute hat es wieder Krach gegeben. Leah und Matt haben sich gestritten. Leah wollte mit ein paar Freunden ein paar Tage zelten fahren. Matt hat es ihr verboten. Normalerweise schreien sie sich an, aber diesmal wurden sie ganz leise. Ich bin zur Tür geschlichen und habe sie belauscht. Matt hat gesagt, dass er alles für sie geopfert hat. Er hat sie angebettelt: „Leah, Darling, you know, I love you so much." Als ich durch den Türschlitz gelinst habe, habe ich gesehen, dass er sie an sich gedrückt hat, um sie zu küssen. Wie ein Liebespaar. Das ist so was von nicht okay!

„Kanntest du diese Stelle?", fragt er mich.

„Ja, ich habe heute Nacht das ganze Tagebuch gelesen."

„Und du hast wirklich nichts gemerkt?"

„Chris, ich bin kein Idiot, wenn ich etwas gemerkt hätte, hätte ich diese Beziehung beendet, sofort!"

Nachdem Chris Anton und Sieglinde aus dem Krankenhaus abgeholt hatte, fuhr er mich nach Astoria, wo ich einen Ford Escape mietete. Den Rest kennt Chris nur aus meinen späteren Erzählungen.

Während ich über eine mintgrün gestrichene, schier endlose Brücke fuhr, die die Mündung des Columbia Rivers in den Pazifischen Ozean überspannte, dachte ich, wie schade es war, dass wir diese grandiose Landschaft gar nicht genießen konnten. Ich war gespannt darauf, was mein Besuch bei den Mitchells ergeben würde, obwohl ich es tief in meinem Inneren wohl bereits wusste.

Es war fast drei Uhr, als ich in Lake Oswego ankam. Die Mitchells lebten in einem gepflegten Anwesen direkt am See. Den ganzen Weg dorthin hatte ich versucht, mir zurechtzulegen, wie ich das Gespräch mit ihnen eröffnen sollte. Ich wollte auf keinen Fall Hoffnungen wecken, wenn diese nicht begründet waren.

Die Website der Mitchells kannte ich auswendig, ich habe sie mehrmals von vorn bis hinten durchgelesen, und natürlich hatte ich mir die diversen TV-Beiträge angeschaut, in denen Abigail und Jonathan Mitchell ihre Tochter baten: *Emily, bitte melde dich.*

Das Bild von dem per Computersimulation älter gemachten, geschminkten Mädchen unter dem Titel „Sie wäre jetzt 17“ verfolgte mich.

Aber ich hatte nicht erwartet, dass es mir vor Angst und Mitleid fast die Kehle zuschnüren würde, als ich Abigail und Jonathan gegenüberstand.

Abigail war eine kleine, schmächtige Frau mit dünnen, blonden Haaren, die sie unordentlich auf dem Hinterkopf zusammengenestelt hatte. Die blaugrauen Augen lagen in tiefen Höhlen, sie hatte dunkle Schatten unter den Augen, irgendwie wirkte die ganze Frau verschattet. Als sie mich ins Haus bat, spürte ich, wie sie zitterte.

Ihr Mann Jonathan versuchte, einen forschen Eindruck zu machen. Aber man merkte ihm an, dass etwas Fürchterliches in seinem Leben passiert sein musste, sein Rücken war gebeugt, als hätte er die Bechterew-Krankheit. Es umgab ihn eine Aura von tapfer bekämpfter Traurigkeit, anders vermochte ich es nicht auszudrücken. Die beiden Menschen sahen mindestens zehn Jahre älter aus als auf den Fotos auf ihrer Website.

Mein Gott, dachte ich, ich darf ihnen keine Hoffnung machen, die sich womöglich als Trugschluss herausstellen wird.

Sie führten mich in ihr Haus, das hell und freundlich war. Es war so aufgeräumt und roch so sauber, als hätte Abigail den ganzen Vormittag geputzt, um mich davon zu überzeugen, dass sie ordentliche Leute seien. Von dem großen Wohnzimmer aus führte eine Gartenterrasse direkt zum Lake Oswego.

Abigail bot mir einen Iced Coffee an und zeigte auf einen Platz auf ihrer breiten Couch, von dem aus man einen guten Blick auf die Terrasse, den Garten mit dem Pool und auf den Bootsanleger hatte.

„Schön haben Sie es hier“, sagte ich.

„Sie wollten uns etwas wegen unserer Tochter fragen“, sagte Jonathan.

„Haben Sie ein Foto von Emily mit ihren Freundinnen?“

„Natürlich“, sagte Abigail, „viele Fotos. John, zeig der Frau die Fotos.“ Sie stellte den geeisten Kaffee vor mich auf den niedrigen Couchtisch.

„Wieso fragen Sie?“, fragte Jonathan. Er war ein wenig vorsichtiger als seine Frau.

„Ich habe einen Grund, aber ich möchte erst Gewissheit haben“, versuchte ich auszuweichen.

„Was wollen Sie uns verkaufen?“ Er klang müde. Illusionslos. „Sind Sie ein Medium, das unsere Tochter gesehen hat, auf einer Kirmes in Frankreich? Oder eine Privatdetektivin, die ganz sichere Hinweise darauf hat, dass unsere Tochter sich in der Obhut eines älteren Mannes irgendwo in Europa befindet?“

Oh Gott! Was mussten diese beiden Menschen wohl in den vergangenen drei Jahren ausgehalten haben, wie viele Scharlatane hatten sich an ihnen bereichern wollen, aber wie viele Hilfsangebote waren vielleicht tatsächlich gut gemeint und ehrlich, aber letztendlich nutzlos gewesen.

Abigail schien sich an jeden Strohhalm zu klammern. „John, zeig der Frau die Fotos, vielleicht hat sie eine Information für uns, die uns weiterhilft.“

Jonathan erhob sich mühsam aus dem Sessel, der neben dem breiten und viel zu weichen Sofa stand, in dem ich gerade versank. Vielleicht hatte er tatsächlich Bechterew.

„War Ihre Tochter mit Leah Turner befreundet?“, fragte ich, obwohl ich diese Information bereits von dem Nachbarn hatte.

„Ja, Leah war ihre beste Freundin“, sagte Abigail. „Woher kennen Sie Leah?“

„Ich würde gern ein Bild von Emily und Leah sehen, wenn Sie so etwas haben."

„Na, mehr als eins", sagte Abigail, „John, in der dritten Kiste von oben", gab sie ihrem Mann Anweisungen. „Die beiden waren unzertrennlich, seitdem wir hier eingezogen waren. Die kleine Turner war ein niedliches Ding, sie wohnte schräg gegenüber, in der Parallelstraße. Leah war so ein fröhliches, aufgewecktes Kind. Doch dann passierte das Unglück mit ihrer Mutter."

„Ja, ich habe gehört, ihre Mutter ist auf dem Parkplatz vom Walmart ums Leben gekommen."

„So ein Unglück, so ein Unglück", sagte Jonathan und brachte die Kiste zum Tisch.

„Der arme Matthew. Sie waren ein glückliches Paar, wir haben oft zusammen gegrillt, die Mädels gingen ja in dieselbe Klasse", sagte Abigail.

„Und die Kleine war vollkommen verstört", sagte Jonathan. „Sie wurde immer stiller, in sich gekehrt. Kein Wunder. Matthew hat alles versucht, sie ein wenig aufzuheitern."

„Der arme Matthew", bestätigte Abigail. Nur Menschen, die selbst Leid erfahren hatten, waren wohl zu tief empfundenem Mitgefühl fähig. „Er hat wieder geheiratet, irgendwo in Europa, vor ein paar Jahren hat er sein Haus verkauft."

„Ich bin seine Frau", sagte ich. „Michaela Martens-Turner."

„Oh, wie schön", sagte Abigail. „Wie geht es ihm?"

Jonathan reagierte gar nicht auf mein Geständnis, er hatte währenddessen einige Fotos aus der Kiste gezogen.

„Hier", sagte er, „das ist während eines Barbecues vor, äh, äh, fünf Jahren." Er reichte mir das Foto. „Das ist Leah."

Dann reichte er mir das nächste Foto. „Hier, das ist von Halloween, wie die Mädchen sich hier verkleidet haben." Seine Gesichtszüge glätteten sich, als er auf das Foto schaute, bevor er es mir reichte. „Links ist Leah, rechts Emily."

Abigail sah, dass das Foto in meiner Hand zitterte. Sie legte ihre Hand auf meine. „Was ist los?"

Mir liefen die Tränen aus den Augen. Ja, ich hatte genau das erwartet, aber der Wahrheit ins Auge zu blicken, war schon noch eine andere Sache, als sie nur zu vermuten. Das Mädchen, das ich als Leah kannte, war eindeutig Emily. Leah war zwar auch blond und hübsch, aber bei weitem nicht so schön wie Emily.

Mit zitternden Händen zog ich mein Smartphone aus der Tasche und rief meine Fotos auf. „Hier", sagte ich und reichte Abigail das Handy, auf dem sich eines der neueren Fotos aufgebaut hatte. „Das ist meine Stieftochter Leah."

Abigail stieß einen spitzen Schrei aus. „Aber das ist Emily! John, schau, unsere Emily. Sie lebt. Wo ist sie? Wie kommt sie zu Ihnen?" Sie war ganz nah an mich herangerutscht auf dem Sofa, sie schien auf dem weichen Polster vor Aufregung zu wippen.

Ich reichte Jonathan ebenfalls mein Handy.

„So also sieht sie jetzt aus, genau so wie auf der Simulation", sagte er.

„Ich werde Ihnen jetzt meine Geschichte erzählen, und dann werden wir gemeinsam entscheiden, was zu tun ist", sagte ich mühsam beherrscht. Und begann bei einem Junitag in Disneyland Paris.

Abi und John hingen an meinen Lippen.

„Ich wusste es, ich habe es immer gewusst, Emily lebt. Ich habe es immer gewusst." Abi liefen die Tränen hinunter, sie konnte gar nicht mehr aufhören zu heulen. Es waren Freudentränen, denen ich leider einen Dämpfer verpassen musste: „Allerdings ist sie in Berlin verschwunden."

„Was heißt verschwunden?"

Ich berichtete von meinem unseligen Anruf zu Hause, bei dem ich sie einem Impuls folgend Emily genannt hatte.

„Sie wird sich versteckt haben, aber sie lebt, oh Gott, John, sie lebt!"

„Was machen wir denn jetzt?", fragte Jonathan.

Wir schauten einander ratlos an.

„Wie kommt Matthew dazu, Emily zu entführen?"

„Wer sagt, dass er sie entführt hat?", fragte ich.

„Weshalb sollte sie sonst spurlos verschwinden?"

Das war der Moment, in dem ich den beiden von meiner durchgeknallten Tochter Sarah berichten musste.

„Wollen Sie etwa behaupten, Emily ist Matthew freiwillig gefolgt?", fragte Abigail.

„Ich hatte nicht eine Sekunde den Eindruck, dass Matthew Leah zu irgendetwas gezwungen hätte."

„Abi", sagte Jonathan, der offensichtlich ein wenig kühler dachte als seine Frau, „da gibt es ein Problem. Wenn Emily als Leah mit Matthew nach Europa geflogen ist, wo ist dann Leah?"

Abi schlug sich vor Schreck mit der Hand auf den Mund, um einen Schrei im Keim zu ersticken. Der Frau war über all der Freude, von ihrer Tochter zu hören, noch nicht aufgegangen, dass es in jedem Fall eine Vermisste in diesem Spiel gab, und die hieß Leah.

„Und jetzt?"

„Jetzt wird uns nichts anderes übrigbleiben, als die Polizei zu rufen", sagte ich. „Und vor allem muss die Polizei hier in Portland sich mit den Behörden in Berlin in Verbindung setzen, damit sie Emily suchen und Matthew festsetzen."

Ein peinliches Schweigen machte sich breit. Jeder von uns hing seinen Gedanken nach.

Abigail war die Erste, die es aussprach: „Meinen Sie, dass Matthew ein Kinderschänder ist?"

„Hast du eine andere Erklärung?", fragte Jonathan.

Großfahndung

Während Chris auf die luxuriöse Toilette in meinem Kurklinikzimmer geht, blättere ich noch ein wenig in Sarahs viertem Tagebuch, das ich in der Nacht gelesen habe. Ein Eintrag ist mir besonders nahe gegangen:

Liebes Tagebuch,

ich habe meine Tage gekriegt und hatte solches Bauchweh, dass ich früher nach Hause gekommen bin, weil ich keinen Sport machen wollte. Als ich die Haustür geöffnet habe, habe ich Leah und Matt im Wohnzimmer gehört. Sie haben sich irgendwas zugezischt. Ich bin sofort ins Wohnzimmer gegangen, Matt saß stocksteif auf dem Sofa und Leah knöpfte sich hastig die Bluse zu. Die beiden taten so, als ob nichts wäre. Aber ich habe Leahs BH ganz deutlich auf dem Sofa liegen sehen. Tschuldigung, wollte nicht stören, habe ich gesagt und bin in mein Zimmer gegangen. Da läuft was.

Wieso, frage ich mich zum tausendsten Mal, wieso habe ich nichts gemerkt? Hatte meine Tochter recht, dass ich mit meinen Gedanken nie bei meiner Familie war, sondern immer nur bei meinen Kunden? Merkwürdigerweise habe ich selbst das nie so empfunden. Natürlich ist mein Job anspruchsvoll, aber das heißt doch nicht, dass ich blind und taub für die Belange der Menschen bin, die ich liebe.

„Weißt du, was ich mich frage", sagt Chris, als er von der Toilette kommt und ich ihm den Tagebucheintrag zeige. „Wieso hat Sarah dir keinen Hinweis auf die Ereignisse zu Hause gegeben, wieso gab es keinen Hilferuf?"

„Weil sie mich schützen wollte. Sie wollte mir nicht das Herz brechen. Zumindest am Anfang. Deshalb frage ich mich aber auch: Warum hat sie nicht dir einen Hinweis gegeben, das Problem sozusagen auf ihren Vater verlagert?"

„Weil sie ein dummer Teenager war, der meinte, die ganze Last der Welt allein auf seinen Schultern stemmen zu können?"

„Ja", sage ich, während Chris sich wieder in den Liegestuhl setzt. „Ja, so in etwa wird das gewesen sein."

Ich greife wieder zu dem Tagebuch und blättere einige Seiten weiter. „Hör mal hier." Ich lese laut vor:

Liebes Tagebuch,

und wieder gab es Zoff im Hause Martens-Turner. Leah und Matt haben sich am frühen Abend so laut und böse gestritten, dass ich einfach dazwischengehen musste. Küchenschlacht auf Turner-Art: Als ich in die Küche kam, haben beide sofort den Mund gehalten. „Hey", habe ich gesagt, „es geht mich ja vielleicht nichts an, weshalb ihr euch fetzt, aber bevor ihr mit Mamas schönen Messern aufeinander losgeht, könntet ihr mich vielleicht mal an den Kühlschrank lassen, ich habe Durst." Die beiden schwiegen, aber die Blicke, die sie sich zugeworfen haben, waren tödlich. Ich habe mir dann betont langsam ein Glas Cola eingegossen. „Auch was?", habe ich gefragt. „Hey Leute, chillt mal!" Doch es war, als ob ich gar nicht anwesend wäre, die beiden schienen sich stumm weiterzustreiten. Also bin ich wieder in mein Zimmer, von dort auf die Terrasse und habe am Küchenfenster gelauscht. Leah will abhauen. Mit oder ohne Matt. Darum ging es. Und Matt hat gesagt, dass er sich von ihr nicht erpressen lässt. Ich würde zu gern wissen, womit sie ihn erpresst. Und wieso sie weg will. Die Bitch lügt! Aber ich werde dahinterkommen.

„Sarah war schon immer neugierig. Weißt du, dass sie das mit Sieglinde und mir lange vor dir wusste? Damals hat sie dir auch nichts gesagt, und da war sie erst acht!"

„Das hast du mir nie gesagt. Wie ist sie denn dahintergekommen?"

„Sie hat wohl irgendetwas gespürt, sie beobachtet die Menschen wie ein Luchs und hat uns – genau wie sie es hier beschreibt – belauscht. Unsere kleine Miss Marple ..."

Ich bin entsetzt. Was muss mein kleines Mädchen für Seelenqualen durchlebt haben! Und ich hatte nichts, aber wirklich gar nichts gemerkt. Ich kann mir gar nicht vorstellen, dass ein Kind mit so etwas allein fertigwerden kann.

„Woher weißt du, dass sie euch belauscht hat?“, frage ich ihn.

„Als ich versucht habe, ihr vorsichtig beizubringen, dass Mom und Dad nicht mehr zusammenleben wollen, da hat sie mich angeschrien: ‚Dann geh doch endlich zu deiner blöden Pusteblume! Wir brauchen dich nicht!‘“

Oh weia. Damit habe ich nicht gerechnet. Und Chris hat mir das damals auch nicht gesagt. Chris nennt Sieglinde manchmal Pusteblume. Das muss ich erst mal verdauen.

Ich lege das Tagebuch zur Seite und schließe die Augen. Aber die Bilder hinter den geschlossenen Lidern sind um ein Vielfaches grausamer als der Blick auf den Chiemsee.

„Weißt du noch, ich habe dich am frühen Abend von Lake Oswego aus angerufen.“

„Ja“, sagt Chris, „du hast mich darüber informiert, dass unser Verdacht richtig war. ‚Ich werde jetzt mit den Mitchells zur Polizei fahren‘, hast du gesagt. Es war der Anfang vom Ende.“

Ich nicke. Wir schweigen. Jeder von uns beiden hat seine eigene Erinnerung an das, was dann passierte.

„Die Hölle brach über uns herein“, sagt Chris.

„Ja“, sage ich.

Und denke: Jedem seine eigene Hölle.

Der Sheriff von Clackamas County

Ein Mitarbeiter der Lake Oswego Polizei befasste sich seit drei Jahren mit dem Fall der vermissten Emily Mitchell: Deputy Brian Thompson. Während Emily die US-Statistiken von verschwundenen Mädchen um eine weitere Nummer bereicherte, nahm Brian Thompson den Fall persönlich.

Lake Oswego ist eine Stadt mit rund sechsunddreißigtausend Einwohnern, die sich allerdings über drei Countys erstreckt, wobei der Wohnsitz der Mitchells in Clackamas County liegt und nur kleinere Bereiche in den angrenzenden Countys Multnomah und Washington liegen.

Nach Emilys Verschwinden hatte der zuständige Sheriff von Clackamas County Himmel und Hölle in Bewegung gesetzt, um das Mädchen zu finden. Es wurden Straßensperren errichtet, Fahrzeugkontrollen vorgenommen, Hubschrauber mit Wärmekameras wurden eingesetzt, und Taucher suchten den Lake Oswego systematisch nach einer Mädchenleiche ab.

Hunderte Freiwillige aus Lake Oswego und die Polizei von Portland beteiligten sich ebenso an der Suche nach Emily wie die State Trooper. Emily war am Morgen des ersten Ferientags gesehen worden, wie sie in Lake Oswego

Richtung Bushaltestelle ging. Sie hatte vorgehabt, mit dem Bus nach Portland zu fahren, angeblich zum Shoppen am Pionier Place. Aber die Überwachungskameras haben sie weder in den Bus ein- noch aussteigen gesehen. Als nach Wochen und Monaten noch immer nicht die leiseste Spur von ihr zu finden war, musste das Sheriffbüro den Fall ad acta legen, es gab inzwischen neue Fälle von verschwundenen oder getöteten Menschen, die ihrer Aufmerksamkeit bedurften.

Nur Deputy Brian Thompson war an den Mitchells drangeblieben. Von Zeit zu Zeit besuchte er sie, beriet sie in Bezug auf ihre Website, hielt für sie den Kontakt zu den Medien und vermittelte den beiden das Gefühl, dass die Polizei Emily Mitchell noch nicht aufgegeben hatte.

Und so lernte ich an diesem Abend im Büro des Sheriffs Deputy Brian Thompson kennen. Thompson war ein großer, hagerer Mann mit einer gewaltigen Hakennase und stoppelkurzem, weißem Haar. Seine grauen Augen betrachteten mich kritisch.

Doch innerhalb von Sekunden, nachdem ich berichtet hatte, was die Mitchells und ich gemeinsam herausgefunden hatten, begriff der Deputy, was geschehen sein musste: Matthew Turner hatte zu Beginn der Sommerferien eine Europareise unternehmen wollen. Er hatte Flüge und Hotels in Europa gebucht und ein Visum für die EU beantragt.

„Statt mit seiner Tochter hat er die Reise mit Emily angetreten. Sie sind dann offensichtlich mit Leahs Pass und Visum am Tag von Emilys Verschwinden ausgereist, also viele Stunden, bevor wir mit einer Großfahndung im Gebiet um den Lake Oswego begonnen hatten", fasste Brian das Gehörte zusammen.

„Genau", bestätigte ich. „Das Problem ist, dass Leah, die in Wahrheit Emily ist, jetzt in Berlin verschwunden ist. Und zwar nachdem ich sie auf Verdacht hin Emily genannt habe."

Ich erklärte dem Beamten, dass ich mit meiner Tochter Sarah panikartig Deutschland verlassen habe, weil ich Angst hatte, dass Matthew mir Sarah entziehen könnte. Und dass ich Matthew seit Tagen nicht erreichen könne.

„Sarah hat sich vor uns versteckt und das Handy ihrer Stiefmutter geklaut", erzählte ich dem Beamten. „Und jetzt habe ich Angst, dass Matthew nach Oregon kommt, um mit meiner Tochter zu fliehen."

Brian Thompson fackelte nicht lange, er sandte umgehend ein Hilfeersuchen an die deutschen Kollegen vom Bundeskriminalamt.

Ein Problem war der Zeitunterschied zwischen Oregon und Berlin. Es war in Deutschland mitten in der Nacht, während in Oregon noch die Abendsonne schien.

„Ich habe bereits die Flüge nach Portland gecheckt. Man hat mir versichert, dass in den nächsten zweiundsiebzig Stunden kein Matthew J. Turner auf einen Flug nach Portland gebucht war", erklärte ich ihm.

Das beruhigte uns zunächst. Brian Thompson informierte umgehend die Einwanderungsbehörde.

Die Nachricht, die wir von dort bekamen, war niederschmetternd. Matthew J. Turner war um zwölf Uhr dreißig Ortszeit mit der Lufthansa auf dem Flughafen Seattle/Tacoma gelandet und in die USA eingereist.

Ich sah auf die Uhr. Es war bereits kurz vor achtzehn Uhr. Der Mann war also wahrscheinlich mit einem Mietwagen unterwegs nach Cannon Beach.

„Wie lange braucht man mit dem Auto vom Flughafen Tacoma/Seattle nach Cannon Beach?", fragte ich Brian Thompson.

„Von SeaTac nach Cannon Beach? Drei, vier Stunden?", schätzte der Deputy. Er verschwendete nicht eine Sekunde. Er setzte seine Kollegen sofort daran, alle Mietwagenfirmen am Flughafen abzutelefonieren.

Ich rechnete im Kopf nach. Ehe die Maschine ausgeladen war, wäre es dreizehn Uhr. Die Einreiseformalitäten würden wahrscheinlich noch mal eine halbe Stunde verschlingen, obwohl ich nicht wusste, wie lange es tatsächlich für US-Bürger dauerte. Allerfrühestens um halb drei würde Matthews einen Mietwagen gehabt haben. Ich alarmierte umgehend Chris.

Der Unfall

Chris sitzt neben mir im Liegestuhl und hängt seinen eigenen Gedanken nach.

„Ich muss heute Mittag aber was essen, nur mit einem Stück Kuchen im Bauch kann ich nicht nach Berlin fahren", sagt er.

„Zimmerservice", schlage ich vor. Denn ich weiß, dass die Erinnerungen an die Ereignisse uns beide noch einmal um den Verstand bringen werden. Ich reiche ihm die Menükarte. Er bestellt sich einen Burger mit Pommes und ich mir einen kleinen Salat.

„Du musst was essen, Schatz, bestell dir was Richtiges!"

„Du hast recht, aber ich habe keinen Hunger."

„Ela, schau dich doch mal an. Du siehst aus, als ob du kurz vor dem Verhungern wärst. Damit hilfst du niemandem."

Ich weiß, dass er recht hat, ich weiß, dass niemandem damit gedient ist, wenn ich mich zu Tode hungere. Der Mensch muss essen, aber ich habe nicht nur keinen Appetit, ich habe einfach keinen Hunger. Wenn ich in den Spiegel schaue, sehe ich, dass die Ela von heute kaum noch Ähnlichkeit mit der guten alten Michaela Martens hat. Außen wie innen.

Chris zwingt mir ein Clubsandwich auf.

Wir bestellen das Mittagessen und je eine große Flasche Apfelsaft und Mineralwasser.

„Dein Anruf aus Lake Oswego hat uns beim Abendessen im Driftwood-Restaurant erreicht“, erinnert sich Chris, nachdem er den Burger verschlungen hat. Mein Clubsandwich liegt angebissen auf dem Teller und wird kalt. „Mir blieb die frittierte Auster im Halse stecken“, sagt er.

„Das kann ich mir vorstellen. Ich dachte, ich kipp vom Stuhl. Auf die Idee, dass Matthew über SeaTac fliegt, war ich nicht gekommen. Vielleicht hat er befürchtet, dass wir ihn am Flughafen von Portland in Empfang nehmen würden.“

„Das ist gut möglich. Wenn wir das geahnt hätten, hätte ich natürlich den Bungalow von Sarah wie ein Luchs bewacht. Aber wir dachten ja, dass im Moment keine Gefahr drohe. Natürlich habe ich Sieglinde und die Kinder auf der Terrasse vom Driftwood sitzen lassen und bin sofort wie der Henker die kurze Strecke zu unserem Bungalow-Park gefahren. Aber Sarah war bereits verschwunden.“

Sogar bei der Erinnerung an die bangen Stunden bleibt mir fast der Atem weg.

„Sarah ist weg! Er hat Sarah“, hat Chris ins Telefon geschrien.

Ich war kurz davor, in Ohnmacht zu fallen. In dem Sheriffbüro ging es inzwischen zu wie in einem Bienenstock. Alle telefonierten, um zu helfen.

Der Deputy war großartig. Er hatte die beruhigende Ausstrahlung eines Mannes, der genau wusste, was er tat. Ein hartgesottener Profi, dem man vertrauen konnte. Einer seiner Kollegen fand heraus, dass Matthew bei Alamo einen Jeep Grand Cherokee gemietet hatte, und Brian Thompson alarmierte sofort den Sheriff von Clatsop County, das Police Department von Cannon Beach und die State Police und gab das Autokennzeichen durch. „Vierzehnjährige Deutsche entführt. Name der Entführten: Sarah Martens."

Zudem setzte er Himmel und Hölle in Bewegung, um den zuständigen Richter aufzutreiben, der bereits Feierabend gemacht hatte. Er hat ihn mit dem Handy auf dem Golfplatz erwischt und dafür gesorgt, dass der Mann sofort einen Haftbefehl für Matthew J. Turner veranlasste. Als er den Grund dafür angab, schaute mich Brian Thompson fest an: „Verdacht auf Mord und Entführung Minderjähriger."

„Es war der Wahnsinn, was dann passierte. Es ging alles ganz schnell: Großalarm in Cannon Beach", erinnert sich mein Exmann. „Plötzlich hing das hohe Jaulen der Sirenen in der Luft, man hatte das Gefühl, dass es von allen Seiten kam. Dieser Krach, es war, als ob der Krieg ausgebrochen sei."

„Währenddessen saß ich mit Abigail und Jonathan im Büro des Sheriffs. Sie rührten sich nicht von der Stelle. Ich hatte das Gefühl, dass es sie beruhigte, an den Geschehnissen beteiligt zu sein, von diesem Büro aus hatte man die Suche nach ihrer Tochter eingeleitet, es war so etwas wie das unsichtbare Band zu ihrem Kind", erinnere ich mich. „Ich saß daneben und wusste nicht, was ich tun sollte, wie ich helfen konnte, außer dass ich die Telefonnummern der Handys weitergab, von denen ich dachte, dass Matthew und Sarah sie mit sich führten. Mir war, als säße ich unter einer Glasglocke."

Der Geruch in diesem Sheriff-Büro verfolgt mich bis heute. In der Luft hingen die Ausdünstungen von Hunderten von Hamburgern mit gebratenen und ungebratenen Zwiebeln, die dort wahrscheinlich seit Jahrzehnten verzehrt wurden, gepaart mit dem Schweiß hart arbeitender Menschen, den auch die viel zu laute Klimaanlage nicht vertreiben konnte.

Diese Stunden zwischen Hoffen und Bangen schienen sich zu Tagen zu dehnen. Brian Thompson versorgte uns mit dünnem Kaffee aus dem Automaten, den ich achtlos in mich hineinschüttete.

„Du bist schneller informiert worden als ich", sagt Chris und setzt sich wieder in seinen Stuhl.

Ich nehme seine Hand.

„Ja", sage ich und schließe die Augen. „Ich weiß noch, wie der Anruf der State Trooper kam."

Brian Thompson saß vor mir an seinem Schreibtisch. Ich sah, dass er keine gute Nachricht erhalten hatte. Der Deputy war blass geworden. „Fuck", fluchte er, als er auflegte.

„Was ist los?", fragte ich.

„Die State Police hat den Jeep auf dem Oregon Coast Highway Richtung Süden ausgemacht und mit mehreren Wagen verfolgt. Sie haben versucht, den Jeep auf den Neahkahnie Viewpoint zu leiten. Statt anzuhalten hat Matthew Turner Gas gegeben und ist über die Brüstung der Aussichtsplattform gerast."

„Oh Gott!“, schrie ich. „Ist ihnen etwas passiert?“

„Das wissen sie noch nicht. Der Wagen hat sich überschlagen und ist den Steilhang hinuntergestürzt. Sie beginnen gerade mit der Bergung.“

Ich konnte kaum die Tasten auf meinem Handydisplay finden, so sehr zitterte ich. „Chris, Sarah ist abgestürzt“, schrie ich.

„Wo, was, wo?“ Chris schrie so laut, dass sogar der Deputy ihn verstehen konnte.

„Neahkahnie Viewpoint am Neahkahnie Mountain Trail“, half mir Brian Thompson weiter.

„Wo ist das, wie komme ich dahin?“, rief Chris.

Statt mir antwortete der Deputy, man müsse einfach den Highway 101 Richtung Kalifornien fahren, dann würde man daran vorbeikommen.

Ich sprang sofort auf und rannte kopflos zu meinem Mietwagen. Brian Thompson hat versucht, mich zurückzuhalten: „Nicht! In diesem Zustand sollten Sie nicht fahren!“

Ich habe nicht auf ihn gehört. Wer wollte mich davon abhalten, zu meinem Kind zu kommen! Aber als ich den Wagen starten wollte, stand plötzlich Jonathan neben mir. „Ich fahre Sie“, sagte er. „Komm mit, Abi.“

„Das ist vielleicht keine schlechte Idee“, sagte Deputy Thompson. „Wir werden in der Zwischenzeit eine neue Suche nach Leah veranlassen, das verspreche ich euch!“

Es ist, als ob Chris und ich uns zeitgleich erinnern, jeder an seine Perspektive. Während ich noch mit meinen Gedanken in Lake Oswego bin, sagt Chris: „Als dein Anruf kam, hatte ich gerade Sieglinde und die Kinder zurück in unser Holzhäuschen gebracht. Ich bin dann wie ein Idiot den Highway hinuntergerast. Es ist wirklich ein Wunder, dass ich nicht auch selbst einen Unfall gebaut habe."

„Ich war hinterher froh, dass Jonathan gefahren ist. Ich wäre wahrscheinlich auch gerast wie der Henker", gebe ich zu.

„Wir waren die ganze Zeit über Telefon miteinander verbunden", erinnert sich Chris.

Deshalb habe ich diesen Teil der Ereignisse nur am Telefon erlebt:

„Da, ich sehe sie. Oh mein Gott, die ganze Küstenstraße ist zu, ich komme hier nicht weiter, es gibt einen Riesenstau. Die State Police versucht, den Verkehr zu regeln, es werden offensichtlich immer nur ein paar Fahrzeuge von einer Spur durchgeleitet, und die andere ist gesperrt. Da hinten blinkt es rot und blau, ich höre überall diese entsetzlichen Sirenen, Krankenwagen, Feuerwehr, Polizei!", hat Chris ins Telefon gebrüllt.

Ich höre heute noch die Verzweiflung und Angst in seiner Stimme. „Steig aus, geh zu Fuß!", habe ich geschrien.

„Ich konnte nicht mal aussteigen, es gab auf der zweispurigen Straße keinen Seitenstreifen, rechts ging es steil bergab, Hunderte von Metern direkt in den Pazifik, und links ragten nackte Felsen in den Himmel. Ich glaube, ich war in meinem ganzen Leben noch nie so verzweifelt wie in diesem Stau auf dem Oregon Coast Highway. Es ging nicht vor und nicht zurück, ab und an tasteten sich Polizeifahrzeuge, Sheriffwagen und Feuerwehrfahrzeuge durch die schmale Gasse, die die Autofahrer gebildet hatten. Und dann sah ich Rauch aufsteigen aus dem Steilhang“, erinnert sich mein Ex.

„Er brennt, der Wagen brennt, Ela, unser Mädchen verbrennt da drinnen!“, hatte ich Chris schreien gehört.

Mir wird noch heute schwarz vor Augen. Jonathan hat bei der nächsten Möglichkeit gehalten. „Es hat wohl keinen Sinn weiterzufahren“, hat er gesagt. „Wenn sie sie geborgen haben, werden sie sie ins Legacy Emanuel Medical Center nach Portland bringen. Es gibt da sowohl ein Trauma- als auch ein Verbrennungszentrum.“

Was er nicht gesagt hat, war, was er gedacht hat: Wenn sie da jemals lebend rauskommen, gibt es nur einen einzigen Ort, wo man sie vielleicht wieder halbwegs zusammenflicken kann.

Dieses vollkommen konfuse Telefonat mit Chris verfolgt mich bis heute in meinen Albträumen.

„Und dann sah ich den Hubschrauber“, erinnert er sich. „Ich fragte mich, wo der denn überhaupt landen wollte. Die Straße war viel zu schmal, rechts der steile Abhang ins Meer und links die Felsen.“

Bei der Erinnerung daran, wie Chris mit tränenerstickter Stimme ins Handy geschrien hatte, laufen mir wieder die Tränen herunter. Auch Chris wischt sich die Tränen ab.

„Der Hubschrauber flog parallel zur Straße und kreiste schaukelnd über dem Pazifik. Außer dem Rauch sah man nichts von der Unfallstelle“, sagt Chris, ein wenig ruhiger.

Jonathan hatte gesagt, dass es ein gutes Zeichen sei, wenn sie einen Hubschrauber schicken, denn dann würde es Überlebende geben. Sie würden wahrscheinlich am Strand landen.

„Ich war kurz vorm Durchdrehen, so hilflos habe ich mich noch nie gefühlt, so verdammt hilflos“, sage ich. Ich bräuchte jetzt die Kleenex-Packung von Frau Dr. Donath. Stattdessen nehme ich meinen Pulloverärmel.

„Mir ging es genauso“, sagt Chris. „Ich saß ein paar hundert Meter vor der Unfallstelle fest, ich kam nicht vor und nicht zurück. Hinter mir hatte sich ein Riesenstau gebildet. Die State Police hatte den Highway komplett gesperrt. Sie haben dann versucht, die Autofahrer dazu zu bringen, auf der zweispurigen Straße zu wenden und in den nächstgelegenen Ort zurückzufahren.

Ich habe den State Trooper angeschrien, dass ich nicht wenden werde, weil meine Tochter in dem Wagen säße, der verunglückt ist. Der Mann hat sofort gesagt, ich solle da warten, wo ich bin. Und dann haben sie Auto für Auto wenden lassen, nur ich blieb allein auf dieser Straße stehen. Als vor mir ebenfalls keine Wagen mehr standen, hat mich die State Police vorfahren lassen bis zum Viewpoint, der komplett zugestellt war mit Einsatzfahrzeugen von Feuerwehr, Sheriff und State Police. Und da habe ich dann gesehen, was passiert war.“ Chris weint jetzt.

Ich schließe die Augen und versuche, mir die Szene vorzustellen. Damals hatte ich diese Aussichtsplattformen noch gar nicht entdeckt, die in unregelmäßigen Abständen auf Felsvorsprüngen am Oregon Coast Highway gebaut worden waren. Zu dem Zeitpunkt des Unfalls war das für mich nichts als eine Straße mit der Nummer 101. Später bin ich dann dorthin gefahren. Auch ohne Unfall hat mir der Ausblick den Atem verschlagen.

Der Highway ist eine zweispurige Straße, die sich auf der einen Seite um steil aufragende, nackte Felsen und dicht bewaldete Berge windet, auf der anderen Seite wird sie flankiert von einer Balustrade aus niedrigen, grauen Steinblöcken. Hinter diesen Steinen geht es steil bergab hinunter zum Pazifik, der sich graublau und kalt bis zum Horizont erstreckt. Tannen, Fichten und Sträucher verhindern, dass man bis unten direkt in die Gischt blicken kann. Sobald die Felsformationen das zulassen, hat der Staat Oregon Aussichtsbuchten gebaut, von denen aus man diese gigantische Kulisse fotografieren kann, ohne Gefahr zu laufen, hier abzustürzen. Obwohl es auch auf den Aussichtsplattformen dann und wann zu Unfällen kommt, vor allem seitdem Selfies in Mode gekommen sind.

Christ schluckt. „Matthews Mietwagen war offensichtlich mit Vollgas in die steinerne Balustrade gerast. Aber anstatt dass die Balustrade das Auto ausgebremst hat, ist der Wagen über die Steine der Absperrung gerast und dann kopfüber in die Schlucht gestürzt. Dabei hatte der Cherokee mehrere riesige Tannen oder Fichten oder was auch immer abgeholzt, die wie Nadeln aus dem Steilhang ragten. Und dann sah ich auch, was da brannte. Es war nicht etwa der Wagen, der sich zwischen zwei weit unten stehende Tannen auf dem Kopf liegend verkeilt hatte, sondern einige der von dem fliegenden Fahrzeug abgeholzten Bäume oder Sträucher hatten durch das auslaufende Benzin Feuer gefangen.

Als ich ankam, versuchte die Feuerwehr, den Brand unter Kontrolle zu bekommen. Das waren sehr bange Minuten, denn wenn die weiter unten stehenden Tannen durch den Funkenflug Feuer fingen, würde Matthews Cherokee sofort explodieren. Das sah sogar ich als Laie."

„Deine Lagebeschreibung war vollkommen konfus", sage ich. „Die Tannen heißen übrigens Schierlingstannen, habe ich inzwischen gelesen, Hemlocktannen auf Englisch."

„Wie passend. Ich war in Panik. Außerdem war alles voller Qualm, der immer dichter wurde. Dann sah ich, dass sich unten in der Ferne am Strand Rettungskräfte formierten. Aber da, wo der Wagen abgestürzt war, da war kein Strand, da gab es nur den Steilhang und ein bisschen Geröll unten. Der Hubschrauber war offensichtlich von dem Steilhang weggeschickt worden, wahrscheinlich um nicht noch mehr Funkenflug durch die Rotoren zu erzeugen."

Als Chris diese entsetzliche Szene nochmals schildert, krampft sich mein Herz erneut zusammen, so wie im Auto mit Jonathan und Abigail.

„Frag, ob sie wissen, ob die Menschen in dem Auto am Leben sind, ob schon jemand zu denen vorgedrungen ist. Frag sie, wie sie das Auto bergen wollen, Herrgott noch mal!", habe ich geschrien, siebzig Meilen von der Unfallstelle entfernt, wohl wissend, dass ich weder dorthin kommen noch in irgendeiner Weise helfen konnte.

„Ich wusste noch nicht mal, an wen ich mich wenden konnte, um nach Überlebenden zu fragen", erinnert sich Chris. „Und dann kam, typisch meine Frau: ‚Frag nach dem Einsatzleiter! Nicht von der State Police, das sind nur die Autobahnhansels, frag nach dem Einsatzleiter von der Feuerwehr.'"

Ich entsinne mich genau. Wie es mir gegen den Strich gegangen war, nicht selbst handeln zu können. Ich kannte ja meinen zögerlichen, zurückhaltenden Exmann, der sich niemals wie Rambo aufführen würde, also das genaue Gegenteil von mir. Er glaubte, niemanden stören zu dürfen, weil alle mit dem Löschen beschäftigt waren. Deshalb habe ich gewohnheitsmäßig Anweisung erteilt: „Der Chef löscht nicht, der gibt Befehle, such ihn!"

„Du hast ihn doch auch gleich gefunden. Und du hast genau die richtigen Fragen gestellt", sage ich zu Chris.

„‚Nehalem Bay Fire and Rescue' stand auf den roten Wagen drauf. Der Einsatzleiter war zwar mürrisch, aber er hat verstanden, dass ich als Vater ein Recht auf Information habe. Er hat mir gesagt, dass sich bereits Rettungskräfte zum Fahrzeug abgeseilt hätten, das Bergen der Passagiere sich allerdings als schwierig erweisen würde.

Die Feuerwehr hatte Tragen heruntergelassen, die aussahen wie Jetski-Boote, und schweres Gerät, mit dem sie zunächst die beiden Personen aus dem Wagen herausschneiden müssten. Die Verletzten würden dann mit den Tragen die Schlucht hochgezogen und mit dem Hubschrauber ins Krankenhaus geflogen werden", lässt Chris das Geschehen noch mal Revue passieren. „Aber sie mussten erst das Feuer löschen, sonst konnten sie nichts tun. Die quatschten alle durcheinander, ich hörte nur noch Quaken aus den Funkgeräten", erinnert sich Chris. „Inzwischen war auch der Sheriff von Tillamook County eingetroffen. Es war kein Zentimeter Platz mehr auf dem Viewpoint, alles stand voller Einsatzfahrzeuge. Das komplette Chaos."

„Das war es mit Sicherheit, schließlich haben die State Trooper den Unfall provoziert“, sage ich. Wir hatten im Übrigen darauf verzichtet, die State Police von Oregon zu verklagen, obwohl wir lange darüber nachgedacht haben.

„Frag, in welches Krankenhaus sie die Verletzten bringen werden.“ Ich befürchtete, bald keinen Saft mehr in meinem Smartphone zu haben.

Chris bestätigte, dass Jonathan Recht hatte: Der Hubschrauber würde die Verletzten nach der Bergung ins Emanuel Hospital bringen. Jonathan wendete sofort und fuhr zurück in Richtung Portland zur Klinik. Ich dachte, wenn meine Kleine noch lebt, muss ich da sein, wenn sie dorthin gebracht wird.

Wie gut, dass Jonathan und Abigail bei mir waren, allein wäre ich wahrscheinlich durchgedreht oder hätte in meiner Panik irgendeinen Unfall gebaut. Aber die beiden, die mit ihrer eigenen Tochter das Schlimmste durchgemacht haben, das Eltern durchmachen können, hatten durchaus einen beruhigenden Einfluss auf mich. Natürlich waren die beiden auch nervös, denn sie erhofften sich ja, dass Matthew sagen könnte, wo ihre Emily geblieben ist.

„Während ihr in die Klinik gefahren seid, habe ich den Einsatzleiter gefragt, ob ich vielleicht unten am Strand mehr Infos bekommen würde. Er meinte, es wäre besser, wenn ich bei ihm bliebe.

Ich hatte jedes Zeitgefühl verloren, aber als die Sonne sich anschickte, unterzugehen, wurde ich noch panischer. Was, wenn die Bergung nicht vor Einbruch der Dunkelheit geschehen konnte, fragte ich den Chef. ‚Lampen', war seine lakonische Antwort. Allerdings war mir klar, dass eine Bergung mit künstlichem Licht ungleich schwieriger wäre. Und so stand ich da oben neben diesen ganzen Einsatzfahrzeugen und konnte nur noch beten." Chris zieht geräuschvoll hoch.

Ich stehe auf und hole eine Packung Tempo-Tücher aus meiner Handtasche. Wieso hatte ich nicht früher daran gedacht?

„Hier", sage ich und teile die Packung brüderlich. „Ja, beten, und das, obwohl du gar nicht gläubig bist. Aber ich habe auch gebetet. Und gehofft. Und gezittert."

Ich sehe, wie das Taschentuch in meiner Hand heute noch zittert. Die Erinnerung wühlt all diese panikartigen Gefühle auf.

Als wir im Emanuel Hospital eintrafen, fragte Jonathan, wo wir erfahren könnten, ob Verletzte von einem schweren Unfall in Neahkahnie eingetroffen seien. Man verwies uns in die Notaufnahme, wo wir warten könnten. Das wollten wir aber nicht, Abigail meinte, wir könnten doch in die Cafeteria, da könnten wir auch was essen, und wir würden ja von Chris hören, ob der Hubschrauber sich Richtung Portland in Bewegung setzt. Natürlich konnte keiner von uns etwas essen, aber ein paar Schlucke Wasser taten uns auch gut.

„Ich hatte die ganze Zeit das Gefühl, dass der Chef mir noch nicht alles gesagt hatte", fährt Chris fort. „Ich verstand kaum, was die Männer sich über Funk zuriefen. Bis der Einsatzleiter plötzlich rief: ‚Aufhören, hört sofort auf zu löschen!' Den Rest der Anweisungen verstand ich nicht. Aber dann sah ich durch den Qualm, dass eine der beiden Tannen, zwischen denen der Wagen hing, sich gefährlich zur Seite geneigt hatte. Der Mann hat mir dann erklärt, das Löschwasser schwemmte den Boden weg, die Tannen, zwischen denen der Wagen hing, drohten zu kippen und mitsamt dem Auto in die Tiefe zu stürzen."

„Das hast du uns Gott sei Dank nicht mitgeteilt, ich hätte einen Herzinfarkt bekommen", sage ich.

„Das Dumme war, dass man von oben keinen freien Blick auf den Wagen hatte, weil es qualmte wie verrückt, der Rauch wurde immer dichter, und es wurde immer dunkler. Der Einsatzleiter sagte dann, dass sie jetzt versuchen würden, vom Strand aus seitlich an den Wagen heranzukommen, weil sie von oben nicht mehr durchkommen würden. Man sah nichts. Und so blieb mir nichts anderes übrig, als zu beten und zu hoffen."

„Was leider nichts geholfen hat", sage ich bitter.

„Es hörte sich an wie ein leises Donnergrollen, und dann schien der gesamte Steilhang ins Rutschen zu kommen", weint Chris. „Ich sah durch den Rauch nur die Baumspitzen. Die rechte Tanne neigte sich wie in Zeitlupe zur Seite, ich sah, wie die Spitze verschwand, aber ich wusste, das ist das Ende."

Das Ende

„Und ich habe nur noch deinen Schrei gehört", sage ich und schnäuze mich geräuschvoll in mein Tempo.

Chris schließt die Augen, er schämt sich nicht seiner Tränen. „Das Ende. Ja."

„Komm, es hilft ja nichts, das alles wieder und wieder durchzukauen. Getretener Quark wird breit, nicht stark."

Ich sehe ihm an, dass er am Ende ist. Genauso wie ich. Aber es war noch nicht vorbei.

„Ich träume fast jede Nacht davon", gesteht Chris. „Der stinkende Rauch, der in den Augen beißt und die Sicht behindert, die Spitze der Tanne, die sich wie in Zeitlupe neigt, das Donnergrollen. Der Steilhang kommt ins Rutschen, man hört Holz bersten, Metall schleifen, es scheint alles gleichzeitig zu passieren, der Abhang stürzt hinunter, die Tanne fällt, der Wagen kracht mit dem Dach auf das in Bewegung gekommene Geröll, überschlägt sich erneut, ich schreie, alle schreien. Mit einem ohrenbetäubenden Knall explodiert der Cherokee."

Ich beneide Chris nicht darum, das alles mit angesehen zu haben. Natürlich verfolgen ihn diese grauenvollen Bilder Nacht für Nacht in seinen Wachträumen. Ich entsinne mich nur noch an seinen Schrei. Das Nächste, woran ich mich erinnere, ist, dass Abigail mir ein Glas Wasser eingeflößt hat. Ich war wohl kurz ohnmächtig geworden.

„Was ist, Chris, was ist?“, hab ich ins Telefon geschrien. Aber Chris hat nicht geantwortet. Ich hörte Menschen schreien, hörte diese entsetzlich an Krieg erinnernden Sirenen der amerikanischen Einsatzfahrzeuge. „Chris“, habe ich geschrien, „Chris, was ist passiert?“ Ich konnte Chris gefühlt minutenlang nicht erreichen.

„Der Wagen ist explodiert“, hatte er nach einer Ewigkeit gesagt. Seltsam ruhig.

„Ich stand unter Schock.“

„Ich weiß, du brauchst dich nicht zu entschuldigen.“

„Das Inferno ging weiter. Ich fühlte nichts mehr. Das war das Ende, das war mir klar. Aber ich konnte mich nicht bewegen, ich konnte weder meinen Wagen wegfahren noch laufen. Ich konnte noch nicht einmal heulen.“

Ganz im Gegensatz zu jetzt, denke ich. Chris laufen immer noch die Tränen hinunter, er wischt sie mit dem Ärmel seines Pullovers weg, weil die Taschentücher bereits durchgeweicht sind.

„Vielleicht ist so ein Schock auch etwas Gnädiges, denn so hast du die nächsten Minuten überlebt“, sage ich.

„Ich kann mich gar nicht an die nächsten Minuten oder Stunden erinnern. Ich glaube, dass ich auf der Balustrade saß und in den Qualm starrte.“

„Du hast einfach nicht mehr geantwortet, ich habe ins Telefon geschrien: ‚Chris, Chris, hörst du mich, was ist los? Was ist mit Sarah?‘ Aber du hast nicht geantwortet.“

„Ich habe es nicht gehört, Ela, es war ein Inferno. Alle rannten durcheinander, schrien, es brannte, es qualmte, ich habe nichts mehr gesehen, nichts mehr gehört, weißt du, wie laut so eine Explosion ist? Danach bist du fast taub!"

Ich nehme seine Hand und drücke sie.

„Es kommt zurück, weißt du, jede Nacht kommt es zurück. Dieser Gestank, so muss es in der Hölle riechen. Das Schreien der Menschen, das kaum an deine Ohren dringt, als hättest du Watte in den Ohren, alle haben durcheinandergeschrien. Dieses Schwein Matthew. Wenn er nicht schon tot wäre, ich würde ihn umbringen. Das schwöre ich dir."

Ich nicke. Mehr gibt es dazu nicht zu sagen.

„Das, was ich von dem Unfall weiß, habe ich vor allem aus der Zeitung erfahren." Ich stehe auf und hole den Zeitungsausschnitt vom *Oregonian* aus meinem Koffer.

The Oregonian

Schwerer Unfall auf dem Oregon Coast Highway

Zwei Tote und fünf Schwerverletzte bei Bergungsarbeiten am Neahkahnie Viewpoint

Nach einem schweren Unfall auf dem Oregon Coast Highway war die 101 für mehr als sechs Stunden komplett gesperrt. Ein Jeep Grand Cherokee war am Neahkahnie Viewpoint durch die Balustrade gebrochen und den Steilhang hinuntergestürzt, wobei der Jeep sich mehrmals überschlagen hatte und zwischen zwei Hemlocktannen mit dem Dach nach unten hängen geblieben war.
Durch den Unfall war Benzin aus dem Wagen ausgetreten, das durch den Funkenflug einige Sträucher in Brand gesetzt hatte. Beim Löschen des Schwelbrands kam der Steilhang ins Rutschen, so dass das zwischen den Tannen verkeilte Fahrzeug erneut auf den Steilhang krachte und explodierte.
Gegen den Fahrer Matthew J. Turner, 43, war kurz

zuvor Haftbefehl wegen Kindesentführung erlassen worden. Das Fahrzeug war von der State Police auf dem Highway 101 gesichtet und verfolgt worden.
Die Feuerwehr hatte bereits schweres Gerät und Helfer abgeseilt, als der Wagen explodierte. Vom angrenzenden Strand aus waren weitere Helfer unterwegs gewesen, um die Insassen des Fahrzeuges zu bergen. Durch die Explosion wurden der Fahrer und der Feuerwehrmann Manuel Álvarez, 29, noch am Unfallort getötet. Álvarez hinterlässt eine Frau und zwei kleine Kinder. Vier weitere Helfer wurden am Unglücksort ebenso schwer verletzt wie die 14-jährige Beifahrerin Sarah Martens aus Deutschland, bei der es sich um die Stieftochter des Fahrers handelte. Die Schwerverletzten wurden per Hubschrauber ins Legacy Emanuel Medical Center nach Portland gebracht. Die 14-jährige Sarah, die nur deshalb überlebte, weil sie bei dem Unfall aus dem Fahrzeug geschleudert worden war, schwebt weiterhin in Lebensgefahr.

Legacy Emanuel Medical Center

Chris lässt den Artikel sinken. „Ich weiß nicht mehr, wie lange ich noch auf diesem Steinbrocken gesessen habe. Ich ging davon aus, dass ich gerade den Tod unserer Tochter mit angesehen hatte. Irgendwann hörte ich, ganz von fern, den Hubschrauber wegfliegen. Niemand beachtete mich, der Einsatzleiter der Feuerwehr ward nicht mehr gesehen."

„Kein Wunder, seine Leute waren zum Teil sehr schwer verletzt, einer seiner Männer ist noch vor Ort gestorben, sie konnten ihn nicht mehr retten. Da hatte er anderes zu tun, als einen deutschen Vater auf dem Laufenden zu halten", wende ich ein.

„Niemand hat mir gesagt, dass sie Sarah gefunden hatten, bevor der Wagen explodiert war. Niemand. Deshalb konnte ich dich auch nicht benachrichtigen."

Er entschuldigt sich tatsächlich, denke ich. Wieso entschuldigt er sich?

„Manuel Álvarez hat sein Leben gegeben, um Sarah zu retten", sagt er. „Ein junger Familienvater musste sterben, weil er unserem durchgeknallten Mädchen geholfen hat. Wie sie uns gehasst haben müssen."

„Niemand hat uns gehasst, Chris, und wenn, dann ist das

auch egal.“ Ich merke, wie zynisch das gerade geklungen hat. Aber was andere von mir denken und halten, ist mir schon lange vor den Ereignissen gleichgültig geworden.

„Als ich mit den Mitchells in der Krankenhauscafeteria saß und von dir keine Auskünfte mehr bekam, nachdem ich wusste, dass der Wagen explodiert war, kam Jonathan auf die Idee, Brian Thompson anzurufen, in der Hoffnung, dass der Deputy mehr in Erfahrung bringen könnte als du. Und tatsächlich. Brian hat versprochen, sich sofort schlauzumachen und zurückzurufen. Mein Handy hatte inzwischen den Geist aufgegeben.

Als Jonathan Brians Anruf bekam, war der Hubschrauber gerade auf dem Dach der Klinik in Oregon gelandet. Wir sind sofort in die Notaufnahme gerast. Ich habe die Schwestern angeschrien, dass ich die Mutter des schwer verletzten Mädchen bin, und sie haben uns in den Warteraum komplimentiert.“

Noch heute habe ich den Geruch dieser Klinik in der Nase. „Bitte, bitte, wie geht es meiner Tochter, kann ich mit einem Arzt reden?“, habe ich gebettelt. Die Schwester hat mir freundlich klarzumachen versucht, dass man die Schwerverletzten erst mal untersuchen und versorgen müsste, bevor irgendjemand Auskunft erteilen könne. Man merkte ihr an, dass sie unter Stress stand, in der Notaufnahme liefen alle zusammen, die waren wirklich in Alarmbereitschaft.

„Wie wir hinterher erfahren hatten, hatten die Notärzte bereits vom Strand aus die Ärzte im Emanuel Hospital informiert, was sie brauchten. Die hatten bereits alles vorbereitet, so dass den Schwerverletzten geholfen werden konnte. Zwei Rettungssanitäter waren in die Feuerwalze geraten, die von dem explodierenden Fahrzeug ausgegangen war. Sie hatten Verbrennungen zweiten beziehungsweise dritten Grades, was akute Lebensgefahr bedeutete. Die beiden anderen Sanitäter waren von den herabstürzenden Steinmassen mitgerissen worden und hatten Prellungen, Knochenbrüche und einer hatte ein Schädel-Hirn-Trauma erlitten."

„Genau wie unsere Sarah", sagt Chris.

„Aber kein Schädel-Hirn-Trauma dritten Grades", sage ich.

Sarah war zum Glück bereits aus dem Wagen geschleudert worden, als er durch die Balustrade durchgebrochen war. Sie war – so jedenfalls hat es später die Feuerwehr rekonstruiert – mit dem Kopf auf den Felsen aufgeschlagen und dann den Steilhang hinuntergerollt und hatte sich dabei um eine Fichte gewickelt. Dadurch hatten die Helfer Sarah zunächst nicht entdeckt, sie war sofort bewusstlos gewesen. Dabei hat sie sich das schwere Schädel-Hirn-Trauma zugezogen, wobei die Schädeldecke durch den Aufprall ebenfalls gespalten und gesplittert war. Dazu kamen mehrere Knochenbrüche.

„Manuel Álvarez, der getötete Feuerwehrmann, hatte Sarah auf dem Steilhang entdeckt. Die Motorsäge, mit der er sie aus dem Gestrüpp befreien wollte, ist ebenfalls explodiert, als der Wagen in die Luft geflogen ist. Letztendlich verdankt sie ihm ihr Leben. Er hatte kurz vor der Explosion seinen Zug informiert, wo Sarah liegt", sage ich. Natürlich hatten wir das alles erst sehr viel später erfahren.

Ich schweige. Voller Bedrückung. Die Ehefrau von Manuel Álvarez wollte mich nicht sehen. Ich war zu ihr gefahren, um ihr nicht nur mein Beileid auszusprechen, sondern als Dank eine größere Summe Geld zu geben, die sie sicher gut hätte brauchen können. Sie wollte es nicht annehmen. Dafür habe ich das Geld dann der Nehalem Bay Fire and Rescue überwiesen. Ich hoffe, dass sie es an Lorena Álvarez weitergeleitet haben, ohne zu sagen, von wem sie das Geld bekommen haben, so wie ich es mit dem Einsatzleiter abgemacht hatte. Es sollte für die Ausbildung ihrer beiden kleinen Kinder genügen. Einen guten Vater und Ehemann kann man allerdings mit keinem Geld der Welt ersetzen.

Chris schaut auf die Uhr. „Ich muss langsam, sonst wird es zu spät. Sieglinde und die Kinder warten auf mich."

„So wie damals in Oregon. Sie hatten stundenlang nichts von dir gehört. Sieglinde hat auf dem örtlichen Fernsehkanal gesehen, was am Neahkahnie Viewpoint los war. Sie konnte ja nicht weg mit den zwei kleinen Kindern. Immer wieder hat sie versucht, mich anzurufen. Sie hat versucht, dich zu erreichen, aber erst hatten wir unser Dauertelefonat, und dann hatten wir beide einfach keinen Saft mehr", erinnere ich mich.

„Irgendwann habe ich gemerkt, dass es immer leerer wurde auf dem Viewpoint. Die Feuerwehrwagen rückten ab, die State Police ebenfalls. Doch ich war immer noch unfähig, mich zu bewegen.

Da kam ein Polizist zu mir und fragte mich, ob er mir helfen könne. Ich schüttelte nur den Kopf, ich sagte, meine

Tochter ist explodiert oder so etwas Ähnliches. Der Mann hat mir dann endlich gesagt, dass Sarah zwar sehr schwer verletzt sei, aber lebt und in Portland ins Krankenhaus gebracht wurde. Die Feuerwehrmänner hatten sich weiter südlich am Steilhang hinuntergelassen, da, wo der Felsen unten in einen Strand mündete. Sie haben sich von der Seite den Unfallopfern genähert und diese einen nach dem anderen mit diesen Rettungsschlitten geborgen und zu Fuß über das Geröll zum Hubschrauber am Strand gebracht. Ich bin wie in Trance zu meinem Wagen gegangen. Aber der Polizist wollte mich auf keinen Fall in mein Auto steigen lassen, das ja auch noch auf dem Viewpoint parkte. Lieutenant Harper, so hieß er, hat mich dann ins Hotel gefahren."

„In der Zwischenzeit hatte ich Sieglinde vom Krankenhaustelefon aus angerufen und darüber informiert, dass ich im Krankenhaus war und Sarah gerade operiert wurde. Sie war außer sich, weil sie keine Ahnung hatte, wo du warst."

„Ich wollte noch in dieser Nacht zu euch, aber Sieglinde hat mich nicht gehen lassen", sagt Chris.

„Da hatte sie aber auch verdammt recht, du konntest weder Sarah noch mir helfen. Du musstest erst mal wieder zu dir kommen." Sieben Stunden war Sarah in dem Operationssaal. Sieben endlos scheinende, bange Stunden, die ich damit verbracht habe, diesen langen, hellgrün gestrichenen Flur auf- und abzuwandern. Ich konnte einfach nicht stillsitzen.

Wie ich später erfahren habe, legten die Ärzte einen Teil von Sarahs Schädeldecke frei, entfernten die Splitter aus dem Gehirn, nagelten ihre Brüche und erhielten das Mädchen am Leben, was zwischenzeitlich am seidenen Faden hing.

Ich weiß nicht, wie viele Kilometer ich in dieser Nacht den Flur rauf und runter und wieder rauf gewandert bin, bis sich endlich, endlich die Tür zum öffentlichen Bereich öffnete und ein Weißkittel herauskam.

Der Mann sah müde aus – und resigniert.

„Wie geht es meiner Tochter?“, fragte ich atemlos. Hatte ich da ein leichtes Zögern bemerkt? Mir wurde schwarz vor Augen.

Doch dann sagte der Mann: „Sie ist jetzt auf der Intensivstation und wird überwacht.“

„Wie geht es ihr?“, habe ich ihn fast angeschrien.

„Den Umständen entsprechend“, sagte er. Mehr war aus ihm nicht herauszubekommen, der Mann schien mir zum Umfallen müde zu sein.

Ich suche Chris’ Blick. „Es war die schlimmste Nacht meines Lebens. Du möchtest schreien, aber du kannst nicht, du möchtest beten, aber du kannst nicht, du möchtest jemanden schlagen, aber du kannst nicht“, sage ich.

Bei der Erinnerung an diese Nacht auf dem Krankenhausflur muss ich frösteln. Ich ziehe die Jacke ein wenig enger um mich, es ist heute nicht mehr sehr warm, obwohl die Sonne scheint.

„Wie furchtbar – und du warst ganz allein“, sagt Chris.

„Ich habe Abi und Jonathan nach Hause geschickt, was sollten sie im Krankenhaus auf eine Nachricht über ein Mädchen warten, das sie nicht einmal kannten. Die

Mitchells haben darauf bestanden, dass ich in ihr Gästezimmer ziehen sollte, solange ich in Portland bin. Und ich habe gespürt, dass sie das ernst meinten, nicht nur aus Freundlichkeit, sondern dass sie sich bei mir ihrer eigenen Tochter nah fühlten. Deshalb bin ich, als ich wusste, dass Sarah zumindest die Operation lebend überstanden hatte, mit dem Taxi nach Lake Oswego gefahren und habe im Gästezimmer der Mitchells ein paar Stunden im Bett gelegen und am Morgen zumindest geduscht."

„Du hast dann am Morgen im Hotel angerufen und uns über den Stand der Dinge informiert", erinnert sich Chris.

„Ich habe dich gebeten, das Häuschen in Cannon Beach zu kündigen, meine Sachen zusammenzupacken und sie mir nach Lake Oswego zu den Mitchells zu bringen. Das Hotel hatte meine Kreditkarte, sie konnten also abbuchen."

„Ich habe Sieglinde gebeten, deine Tasche zu packen, und wir sind dann alle zusammen nach Portland gefahren. Während ich ins Krankenhaus gegangen bin, hat Sieglinde die Tasche zu den Mitchells gebracht."

„Als du dann am Nachmittag ankamst, war die Situation unverändert. Die Ärzte haben uns nicht viel Hoffnung gemacht: ‚Wenn sie die nächsten vierundzwanzig Stunden überlebt, dann sehen wir weiter', haben sie gesagt. Wir saßen wie Piksieben auf der harten Krankenhausbank und haben gehofft und gezittert. Ihr seid dann in ein Hotel in Portland gegangen, euer Urlaub war ruiniert", sage ich.

„Nicht nur der Urlaub", sagt Chris.

Ich schaue auf die Uhr, Chris wollte längst auf der Autobahn Richtung Berlin sein. „Jetzt fahr endlich nach Hause, sonst kriegst du Ärger mit deiner Regierung", sage ich. Sieglinde hat Chris gut im Griff.

„Immer willst du mich loswerden. Genau wie in dem Krankenhaus in Oregon. Du wolltest nicht, dass ich bei dir bleibe, so lange, bis wir wissen würden, was mit Sarah ist."

„Es war doch klar, dass wir lange in dieser Ungewissheit bleiben würden. Sarah lag im Koma, das die Ärzte auch noch künstlich verlängert hatten. Niemand konnte uns sagen, für wie lange und wie ihr Zustand danach sein würde. Entsinnst du dich an unsere Sprachlosigkeit?", frage ich ihn.

Er nickt betreten.

„Was sollten wir auch reden? Sollten wir uns gegenseitig unsere Befürchtungen ins Gesicht sagen? Dass Sarah nicht die nächste Stunde überleben würde? Dass sie vielleicht doch überleben würde, aber so schwere Hirnschädigungen hätte, dass sie nur noch eine lebende Tote wäre? Wäre dir das lieber gewesen, stumm neben mir die gleichen Ängste durchzustehen, die du neben deiner Ehefrau wenigstens würdest äußern können?"

Chris hatte recht, ich wollte ihn loswerden. Geteiltes Leid ist halbes Leid. Aber er teilte mein Leben nicht mehr, diesen Part hatte Sieglinde übernommen.

„Ich war froh, als ihr endlich wieder zurück nach Deutschland gefahren seid", sage ich. Ich hatte die ganze Zeit das Gefühl gehabt, dass ich mich um zwei Menschen sorgen müsste. Chris war komplett zusammengebrochen, und ich suhlte mich in Selbstvorwürfen. Nachdem sie

Sarah ins künstliche Koma versetzt hatten, haben mir die Ärzte erlaubt, zu ihr ins Zimmer zu ziehen.

„Wir wissen nicht, wie viel Ihre Tochter mitbekommt, aber die Zeit des Komas ist keine angenehme Zeit", haben sie mir erklärt. „Versuchen Sie, ihr lustige Geschichten zu erzählen, aus ihrer Kindheit, mit ruhiger Stimme, lachen Sie über gemeinsam Erlebtes, singen Sie ihr was vor, beruhigen Sie sie, halten Sie ihre Hand. Wir wissen von anderen Komapatienten, dass sie mitunter schreckliche Träume haben. Bleiben Sie bei Ihrer Tochter und streicheln Sie sie."

Und so lag ich tagelang neben ihr in dem Raum, lauschte den Geräuschen der Apparate, meine einzigen Ausflüge waren den Gang rauf und runter. Ich kannte von diesem Gang jedes noch so winzige Loch im Putz, ich sah den Dreck an den Rändern, wo die Putzkolonne nicht ordentlich gewischt hatte, ich wusste, wie viele Leuchtstoffröhren über mir hingen, welche bald ausfallen würde, weil sie flackerte, und wo der Steinboden einen Riss hatte. Ich verließ diesen Gang nur, um zu telefonieren, ein wenig frische Luft zu schnappen, und dann ging es schnurstracks zurück zu meiner Tochter.

Ich erzählte ihr alles, was mir in den Sinn kam. Von den beiden Pandabären im Berliner Zoo, die sie so gern besucht hat, von der Kastanie in unserem Garten, von der wir im Herbst immer die Früchte sammelten, oder von ihrer Freundin Marie, die sie mit einer Schultüte in der Hand kennengelernt hat. Ich habe ihr von dem blauen Schlümpfeeis erzählt, das wir immer in der Eisdiele in Kleinmachnow geholt haben, wenn wir mit dem Rad unterwegs waren, oder von dem Weihnachtsabend, als der Baum umfiel, weil wir ihn nur auf einer Seite geschmückt hatten. Unser ganzes Leben habe ich ihr erzählt, nur die Zeit mit Matthew und Leah habe ich ausgespart.

Matthew war tot.

Aber was war mit Leah?

Jeden Abend rief ich von einer Terrasse des Krankenhauses bei Chris an. Ich hatte mein Handy auf stumm geschaltet, um nicht belästigt zu werden. Meine Firma wurde von meiner besten Kundenkontakterin Birgit geleitet. Ich hatte sie gebeten, mir nur im allergrößten Notfall eine WhatsApp zu schicken. Keine Anrufe, bitte!, hieß die Losung, die ich ausgegeben hatte.

Leah, wie ich Emily immer noch aus Gewohnheit in Gedanken nannte, blieb verschwunden. Wir wussten nicht, ob Matthew überhaupt eine Vermisstenanzeige aufgegeben hatte. Deshalb bat ich Chris, bei dem Polizeirevier in der Alemannenstraße nachzufragen und die Beamten zu informieren, dass es sich bei dem verschwundenen Mädchen um die Amerikanerin Emily Mitchell aus Lake Oswego, Oregon, handelte.

„Wie du vermutet hast, hatte Matthew tatsächlich keine Vermisstenanzeige aufgegeben. Er muss wohl gedacht haben, dass Leah einfach abgehauen ist, weil sie die Nase voll von ihm hatte. Das mit der Vermisstenanzeige habe ich, sobald ich in Berlin war, sofort nachgeholt und die Beamten gebeten, sich mit dem Sheriff von Lake Oswego in Verbindung zu setzen."

Chris steht auf. Er wird ein wenig laut: „Gut, dass Matthew

tot ist. Sonst hätte ich den Kerl umgebracht. Eigenhändig. Du warst großartig in all dieser Zeit, Ela, dich trifft keine Schuld. Es ist eine gute Idee, dass du hierhergefahren bist. Du brauchst einfach eine Pause. Ich hoffe, du schaffst es, hier alles einigermaßen zu verarbeiten."

Ich schaue hinaus auf den See und denke: Das hoffe ich auch. Als ich aufstehe, nimmt mein Exmann mich in den Arm.

„Danke, es hat uns gutgetan, noch einmal über alles zu reden, wie es dazu kommen konnte, wie es kam."

Ich lächle ihn tapfer an und nicke. „Hau jetzt endlich ab, es ist alles gesagt." Ich schlucke eine widerspenstige Träne hinunter und denke: Zumindest alles, worüber ich mit dir reden würde.

Die Nachricht

Knapp drei Wochen war ich bereits im Emanuel Hospital, wo Sarah immer noch im künstlichen Koma lag, als Chris mir eine Mail schickte. „Schau mal in die Anlage." Es war eine Meldung aus der *Berliner Morgenpost* mit dem Titel: „Tod in der Geistervilla". Die „Geistervilla" lag nur zwei Straßen von meinem Haus entfernt. Ich wusste bereits, wen sie gefunden haben, als ich die Überschrift sah.

Berliner Morgenpost

Tod in der Geistervilla

Einen grausigen Fund machte die Senatsangestellte Marlene S., 42, aus Schöneberg, bei einem Besichtigungstermin in dem von Nachbarn als „Geistervilla" bezeichneten Haus in der Schmarjestraße in Zehlendorf. Im Heizungskeller der Villa lag die bereits verwesende Leiche einer jungen Frau.

Wer ist die unbekannte Tote aus dem Heizungskeller?, fragt die Berliner Polizei. Die junge Frau hat lange, blonde Haare, ist schlank, circa 1,75 groß, ihr Alter wird auf 16 bis 19 Jahre geschätzt. Die Brandschutztür vor dem fensterlosen Heizungskeller war von außen mit einem noch im Schloss steckenden Schlüssel abgeschlossen worden. Nach ersten Erkenntnissen der Rechtsmedizin ist das Mädchen in dem Keller verdurstet. Der Tod der jungen Frau ist vor mehr als drei Wochen eingetreten. Da sich in dem Keller weder eine Handtasche noch ein Handy befand, geht die Polizei von einem Tötungsdelikt aus. Die dritte Mordkommission hat die Ermittlungen übernommen. Hinweise auf vermisste Personen nimmt jede Polizeidienststelle entgegen.

Das ist der tragische Höhepunkt eines Berliner Skandals, der damit begann, dass die kinderlosen Eigentümer das Haus dem Bezirk Steglitz-Zehlendorf mit der Auflage vererbt hatten, dort eine soziale Einrichtung unterzubringen. Die Eigentümer dachten an ein Altersheim für Musiker, das aber wegen zu hoher Einbaukosten in der denkmalgeschützten Villa nicht möglich war. Bis 2012 war eine Kita in dem Haus untergebracht, die die Villa verlassen musste, weil der Bezirk den Mietvertrag nicht mehr verlängert hatte. Seitdem steht das Gebäude leer. Dem Bezirk war es nicht gelungen, eine andere soziale Einrichtung zu finden, die das Haus nutzen wollte. Als der Bezirk die Villa verkaufen wollte, hat das Berliner Landgericht den Verkauf verboten. Das Haus wurde der Senats-

verwaltung für Finanzen übergeben, die die Villa nun sanieren und dem Wunsch der Erblasser gemäß einem sozialen Zweck zuführen soll. Marlene S. hatte sich aus diesem Grund mit dem Bausachverständigen Andreas F. in dem Haus getroffen.

Ich habe umgehend Chris zurückgerufen. „Ruf sofort in dieser Mordkommission an, sie sollen sich mit Deputy Brian Thompson vom Sheriffbüro von Lake Oswego kurzschließen. Schick denen ein Foto von Leah." Und genau das hat Chris gemacht.

Am nächsten Tag hat er mir eine Meldung aus der *BZ* rübergesandt:

Sie haben dem Foto von Emily, oder Leah, wie ich sie immer noch nenne, eine Viertelseite gegönnt. Chris hat es auf der Hochzeit von Matthew und mir aufgenommen. Das Mädchen ist so schön und sieht so unschuldig aus, dass allein das Betrachten körperlich wehtut. Darunter steht:

Das Mädchen aus dem Heizungskeller

Bei dem toten Mädchen, das vorgestern im Heizungskeller eines Hauses in Zehlendorf gefunden wurde, handelt es sich um eine 17-jährige Schülerin der John-F.-Kennedy-Schule, die dort als Leah T. bekannt war. Wie die BZ aus gut informierten Kreisen erfahren hat, ist das Mädchen jedoch vermutlich die seit drei Jahren vermisste Emily Mitchell aus Oregon. Emily Mit-

chell war mit Matthew T., einem Nachbarn der Eltern, vor drei Jahren nach Deutschland eingereist, wo er sie als seine Tochter ausgegeben hat. Die Polizei geht davon aus, dass Matthew T. Emily Mitchell in dem Heizungskeller eingesperrt hat, vermutlich um sie am Weglaufen zu hindern. Oder wollte er sie vorsätzlich verhungern und verdursten lassen? Die Umstände des Todes werden von der dritten Mordkommission untersucht. Vor drei Wochen ist Matthew T. nach Oregon geflogen. Dort ist er an den Folgen eines Unfalls gestorben.

Noch am selben Tag bin ich zu den Mitchells gefahren, um ihnen genauso beizustehen, wie sie mir in den schweren ersten Stunden nach dem Unfall beigestanden haben. Abi heulte nur, und auch Jonathan konnte kaum reden.

Nachdem sie wieder Hoffnung geschöpft hatten, dass ihr Mädchen noch lebt, fanden sie sich jetzt um all ihre Hoffnung betrogen. Wahrscheinlich war es noch schmerzhafter, denn die alten Wunden, die nie verheilt waren, weil solche Wunden nicht verheilen, sondern nur äußerlich zuwachsen können, waren wieder aufgebrochen. Ich hatte keinen Trost für sie. Zumindest war ihr banges Warten zu Ende. Als ich zusammen mit ihnen weinend auf ihrem Sofa saß und mühsam nach Worten rang, die doch alle so entsetzlich hohl klangen, ahnte ich noch nicht, dass auch mir der wahre Horror noch bevorstand.

Beim Abschied erinnerte mich Jonathan, dass meine Tasche noch in ihrem Gästezimmer stand. Die hatte Sieglinde ihnen gebracht, und ich hatte sie schlicht vergessen. Im Krankenhaus hatte ich Hygieneartikel bekommen, und genauso wie die normalen Patienten lief ich Tag und Nacht in diesem Nachthemd herum. Wenn ich überhaupt einmal hinaus an die frische Luft ging, zog ich mir die Kleidung an, mit der ich mich selbst eingeliefert hatte. Umso erleichterter war ich, dass ich jetzt endlich frische Klamotten hatte.

Ich umarmte Abi und John, die mir in diesen dramatischen Stunden so nah gewesen waren, und verabschiedete mich.

„Wenn Deputy Brian Thompson eine Frage hat, kann er mich jederzeit anrufen. Vielleicht erfahre ich noch etwas von Sarah, wenn sie wieder bei Bewusstsein ist“, sagte ich, obwohl ich zu diesem Zeitpunkt keineswegs sicher war, ob sie das Bewusstsein jemals wiedererlangen würde.

Ich hatte es eilig, zurück ins Krankenhaus zu kommen. Was, wenn mein Mädchen wieder zu sich käme und ich nicht bei ihr wäre. Die Ärzte hatten die Aufwachphase eingeläutet.

Aber Sarah war noch nicht aufgewacht. Ich habe meine Sachen aus der Tasche ausgepackt. Dazwischen lag ein Briefumschlag mit dem Aufdruck „Inn at Cannon Beach“. Ich ging davon aus, dass es die Hotelrechnung war, um die ich Sieglinde gebeten hatte.

Die Rückkehr

Es begann mit einem leichten Stöhnen. Fast hätte ich es überhört, das Geräusch erinnerte an ein Meerschweinchen, das Schluckauf hatte. Ich dachte, dass meine kleine Sarah wieder etwas Furchtbares träumen würde, und nahm ihre schmale, kühle Hand.

„Ich bin bei dir, Liebling", sagte ich.

Und da – da war es, das allererste Lebenszeichen von meiner Kleinen. Ich spürte, wie sie einen Finger leicht bewegte. Oder hatte ich mir das nur eingebildet?

„Sarah, Liebling, hörst du mich, Mami ist bei dir", sagte ich.

Flatterte da ihr rechtes Lid ein wenig? Ich wusste nicht, was ich tun sollte, sollte ich rauslaufen, die Ärzte zusammentrommeln, oder sollte ich diesen allerersten Moment mit meiner Sarah allein verbringen?

Und dann machte Sarah die Augen auf.

„Sarah, Schätzchen, da bist du ja wieder", sagte ich. Mir liefen die Freudentränen herunter. „Hörst du mich, Sarah, kannst du mich hören?"

Sie öffnete den Mund, aber es kam kein Wort heraus. Ein leichter Druck auf meine Hand, es war mehr so, als ob eine

Feder auf den Handballen fällt, sagte mir, dass Sarah mich gehört hatte.

Ich drückte die Klingel, und als die Schwester kam, sagte ich aufgeregt: „Sie wacht auf!“

Zwei Minuten später war Sarahs Bett umstanden von Ärzten und Pflegern. Ich musste mich hinsetzen, die Beine schienen mir zu versagen.

In der Chiemsee-Praxis von Dr. Donath

Es ist Montag. Draußen regnet es. Einige Tage, nachdem Sarah wieder aufgewacht ist, habe ich sie nach Deutschland in die Charité in Berlin überführt. Den Brief, den ich im Krankenhaus gefunden habe, habe ich mitgenommen zum Chiemsee. Gestern Abend, als Chris weggefahren ist, habe ich den Brief wieder aus meiner Tasche geholt. Ich kann ihn auswendig, so oft habe ich ihn im vergangenen Jahr gelesen. Vielleicht werde ich ihn vernichten.

Heute habe ich wieder eine „Stunde“ bei Frau Dr. Donath.

Ich beschließe, dass ich ihr die Wahrheit sagen werden. Schließlich will ich von ihr die Absolution.

Als ich zu ihr komme, tobt über dem Chiemsee ein Gewitter. Der Donner grollt in den Bergen, solchen Donner gibt es nicht in Berlin.

„Wie war Ihr Wochenende?“, fragt sie mich.

Ich schaue auf ihre Wasserkaraffe, heute schwimmen Himbeeren in dem Wasser.

„Mein Exmann hat mich besucht.“

„Und wie ging es Ihnen dabei?“

„Ich wollte mich im Chiemsee ertränken“, sage ich wahrheitsgemäß.

„Wegen Ihres Exmanns?"

Ich schüttle den Kopf. „Wegen all der Ereignisse."

Dr. Donath setzt sich aufrecht hin. „Wieso erzählen Sie mir nicht von den Ereignissen, so wie Sie sie erlebt und empfunden haben."

Ich habe es mir genau überlegt. Sie ist die Einzige, der ich erzählen kann, was wirklich passiert ist. Nicht das, was in der Zeitung steht. Sondern die Wahrheit. Alles, was ich ihr erzähle, unterliegt der ärztlichen Schweigepflicht. Deshalb bin ich hierhergefahren. Weil ich es irgendjemandem einfach einmal erzählen muss. Sonst platze ich irgendwann an meiner Schuld.

„Wie geht es Ihrer Tochter?", fragt sie mich.

„Es geht langsam vorwärts. Sehr langsam. Sie liebt das Wasser."

„Wieso?", fragt Dr. Donath.

„Weil sie gern schwimmt und im Wasser keinen Rollstuhl braucht."

„Wo ist Ihre Tochter jetzt?"

„Sie ist im Moment wieder in einer Reha. Und diesmal hat Sarah darauf bestanden, dass sie alleine dorthin fährt. Sie musste alles noch mal von vorn lernen. Es war, als wäre bei ihr der Reset-Knopf gedrückt worden, gehen Sie zurück auf Los. Sarah musste das Alphabet neu lernen, Lesen und Schreiben, irgendwann wird sie vielleicht auch wieder laufen können. Inzwischen kann sie sprechen, aber es hört sich an, als ob der Zahnarzt ihr gleich einen Zahn ziehen will und ihr eine Spritze gegeben hat."

„Ist sie sonst bei Ihnen zu Hause?"

„Ja, natürlich, ich bringe sie täglich in eine Förderschule für Behinderte."

„Was ist mit Ihrem geliebten Job?"

„Der interessiert mich nicht mehr."

„Sie sind jetzt also hauptberuflich Mutter?"

„Ja, das ist ein Vollzeitjob. Es ist nicht so ganz einfach mit Sarah, sie bekommt Wutattacken und Lachanfälle, manchmal im schnellen Wechsel. Momentan hat sie Pflegestufe drei, das bedeutet, dass sie viele Dinge nicht alleine kann, zum Beispiel auf die Toilette gehen oder sich die Schuhe zubinden.

Manchmal fragt sie mich auch zwanzig Mal hintereinander: ‚Mama, was essen wir heute?' Ihr Kurzzeitgedächtnis funktioniert nicht."

„Und was ist mit ihrem Langzeitgedächtnis? Erinnert sie sich an den Unfall und an die Zeit davor?"

„Nein, an den Unfall und an die Jahre mit Matthew erinnert sie sich nicht. Sie erinnert sich nur noch an ihre Kindheit mit ihrem Vater und an die Zeit danach, als wir zwei alleine waren."

„Was sagen denn die Ärzte, wird sie ihr Gedächtnis wiedererlangen?"

„Da sind sich die Ärzte uneins. Sie ist ja noch jung, da wird sich vieles noch zum Guten wenden, sagen manche. Ich habe ihre Tagebücher gefunden und gelesen."

„Das ist ja wunderbar, dass sie Tagebuch geschrieben hat, das kann ihr langfristig wieder zu ihrem Gedächtnis verhelfen."

„Ich bin mir nicht sicher, ob ich ihr diese Bücher geben möchte."

„Warum nicht?“

„Weil sie nur die Zeit umfassen, die sie vergessen sollte, die Zeit mit Matthew und Leah. Und ich glaube, dass sie auch aktiv daran arbeitet, dass sie diese Zeit vergisst.“

„Matthew hat das arme amerikanische Mädchen eingesperrt, um straflos aus Deutschland zu verschwinden, richtig? So habe ich das jedenfalls in den Medien gelesen.“

„Falsch. Matthew hat sie nicht eingesperrt“, sage ich.

„Woher wissen Sie das?“, fragt Frau Dr. Donath.

„Weil ich einen Brief in meiner Reisetasche gefunden habe, den meine Tochter offensichtlich kurz vor ihrer Flucht unter meiner Tür in dem Holzhaus in Cannon Beach durchgesteckt hat. Die Frau, die meine Tasche gepackt hat, hat diesen Brief fälschlicherweise für eine Rechnung gehalten. Aber es war ein Brief meiner Tochter. Ich habe ihn mitgebracht“, sage ich. „Darf ich Ihnen den vorlesen?“

„Ich bitte darum“, sagt Dr. Donath.

Ich setze meine Lesebrille auf und räuspere mich.

Liebe Mama,

es tut mir leid, dass ich Sieglinde wehgetan habe. Aber ich musste einfach telefonieren, um dir zu helfen. Du bist so auf deine Arbeit konzentriert, du checkst einfach nichts mehr. Ich versuche dir seit einiger Zeit zu sagen, dass mit Matt etwas nicht stimmt. Doch du hörst mir einfach nicht zu.

Du bist mit deinen Gedanken immer bei deinem Job, aber nie bei uns. Sonst wäre dir nämlich aufgefallen, dass Matt und Leah sich nicht normal verhalten. Leah will von uns weg – sobald wie möglich. Die beiden streiten sich immer öfter, ich habe ein Gespräch belauscht, in dem er Leah gesagt hat, dass sie sich gefälligst zusammenreißen und wenigstens Abi machen soll, damit sie eine Chance hat. Er hat sie in den Arm genommen und gestreichelt und gesagt, dass er alles für sie geopfert hat und sie ihm das nicht antun kann. Er hat ihr versprochen, mit ihr nach dem Abi wegzugehen. Dann haben sie sich geküsst wie ein Liebespaar. Ich habe versucht zu verhindern, dass du wieder von deinem Mann verlassen wirst, weil du dich nicht genug um ihn kümmerst. Du denkst nie daran, für deinen Mann sexy zu sein. Es ist doch kein Wunder, dass Matt sich woanders umguckt. Ich habe seine Blicke gesehen, und ich habe gespürt, wie er immer um mich herumgeschlichen ist. Er hat geglaubt, dass ich es nicht merke, dass er immer versucht hat, mich zu berühren. Deshalb habe ich ihn getestet. Er ist voll drauf reingefallen. Wir sind seit über drei Monaten zusammen. Mama, Matt hat mir seine Liebe gestanden. Deshalb habe ich Leah in eine Falle gelockt. Ich habe ihr erzählt, dass ich ein geheimes Cannabis-Lager gefunden hätte. Sie ist in dem verlassenen Haus in der Schmarjestraße, weißt du, wo wir früher immer gespielt haben. Ich habe sie im Heizungskeller eingeschlossen und ihren Rucksack mit dem Handy ein paar Straßen weiter in eine Mülltonne geworfen. Ich wollte, dass sie mir ihr Geheimnis verrät. Ich dachte,

wenn sie ein paar Tage nichts zu essen und zu trinken hat, wird sie für einen Tropfen Wasser die ganze Geschichte erzählen.
Blöd nur, dass du mich gezwungen hast, mit dir nach Oregon zu fliegen. Wenn ich Matt gesagt hätte, wo Leah ist, wären die beiden vielleicht abgehauen, noch während wir im Flieger saßen. Deshalb musste ich Matt unbedingt aus Berlin weglocken.
Mama, du hättest mir nicht mein Smartphone wegnehmen sollen. Da war doch mein ganzes Leben drin, alle meine Telefonnummern. Die kann ich doch nicht auswendig. Wenn du diesen Brief findest, rufe bitte sofort in Berlin meine Freundin Marie an, sie kennt das Haus, wir haben dort oft geraucht. Der Schlüssel zum Heizungskeller steckt außen. Sie muss schnellstens Leah befreien.
Matt ist auf dem Weg hierher, ich habe ihm gesagt, dass ich ihm verraten werde, wo Leah ist, wenn er mit mir weggeht. Ich werde ihn so einwickeln, dass er mir gesteht, was sich tatsächlich ereignet hat. Ich melde mich bei dir, so schnell ich kann.
Mama, verzeih mir bitte, dass ich dir Sorgen bereitet habe. Alles wird gut.
Hab dich ganz doll lieb!
Deine Sarah

Ich lasse den Brief sinken, mir ist der Schweiß ausgebrochen, das Blut rauscht in meinen Ohren und mein Herz flattert. Auch Frau Dr. Donath ist blass geworden.

„Wann haben Sie den Brief gefunden?", fragt sie.

„Als es bereits viel zu spät war. Da hatte man Emilys Leiche schon gefunden. Das arme Kind ist verhungert und verdurstet. Und ich hätte das Mädchen retten können. Aber ich war so auf meine Tochter fixiert, dass ich meine Tasche vollkommen vergessen hatte. Sieglinde, die neue Frau von meinem Ex, hatte die vermeintliche Rechnung in meine Tasche gepackt und diese Tasche zu den Mitchells gebracht."

„Und deshalb fühlen Sie sich schuldig an dem Tod von Emily?"

„Bin ich doch, oder?" Ich sehe sie an. Ob sie weiß, was ich von ihr hören will? Aber sie stellt weitere Fragen.

„Wie ging es Ihnen denn dabei, als Sie entdeckten, dass es Ihre Tochter war, die das Mädchen in eine tödliche Falle gelockt hat? Und zwar, wenn ich es richtig verstanden habe, um Ihnen zu helfen?"

„Das ist es, was mich fast umbringt. Bin ich wirklich so hilflos? Hatte ich wirklich so wenig inneren Anteil am Leben meiner Familie gehabt, dass ich nichts bemerkt habe? Die Schuldgefühle überfluteten mich wie eine Tsunamiwelle. Meine geliebte Sarah, ein vierzehnjähriges Mädchen, hatte gemeint, sich opfern zu müssen, damit ihre Mutter nicht wieder von einem Mann verlassen wird? Welch krude Gedanken in einem ansonsten so intelligenten Gehirn! Alles wird gut? Es wird nie wieder gut werden."

Mir laufen die Tränen hinunter, Frau Dr. Donath reicht mir die Kleenex-Packung. Ich schäme mich meiner Tränen nicht, schließlich bin ich hier, um zu trauern.

„Ihre Tochter liebt Sie über alle Maßen", sagt Frau Doktor. „Und sie hat sich offensichtlich nichts mehr gewünscht, als auch von Ihnen ebenso sehr geliebt und beachtet zu werden."

Mir fällt die Szene im Auto in Oregon ein, als ich ihr gesagt habe, dass ich sie über alles liebe, und sie mir ins Gesicht schleuderte, dass sie das wohl gemerkt hätte.

„Aber das tue ich doch, das tue ich doch!", schluchze ich.

„Was ich noch nicht verstehe: Wieso ist Emily mit Matthew nach Europa gefahren? Wie hat er das Mädchen dazu gekriegt? Sie war ja wohl schon vierzehn Jahre alt, sie hätte doch jederzeit zur Polizei gehen können", fragt die Donath.

„Das kann ich Ihnen erklären. Aus dem gleichen Grund, warum Sarah sich so angestellt hat. Matthew muss es geschafft haben, die Mädchen so zu bezirzen, dass sie glaubten, dieser erwachsene, gutaussehende Mann würde sie lieben und alles für sie tun. Wahr gewordene Kleinmädchenträume, pubertäre weibliche Allmachtsfantasien. Und Sex war natürlich auch dabei. Je verbotener, desto besser, schätze ich."

Die Donath sagt nichts, sie schaut mich nachdenklich an. Ich bücke mich und ziehe aus meiner Handtasche einen großen Umschlag. „Nachdem ich Leahs Zimmer ausgeräumt habe, habe ich es renovieren und die Dielen erneuern lassen. Der Maler hat mir einen dicken Briefumschlag gegeben, den er unter den Dielen gefunden hatte. Darin waren der Pass von Emily, Fotos von Emily und ihrem Zuhause und ein Brief an ihre Eltern. Wollen Sie den auch hören?", frage ich Frau Dr. Donath.

Sie nickt. „Natürlich."

Liebe Mommy, lieber Daddy,

ich weiß, dass ich euch unsäglichen Kummer bereitet habe, weil ich ohne Abschied von euch gegangen bin. Allerdings wäre euer Kummer sicher noch größer geworden, wenn ich in Lake Oswego geblieben wäre.
Ihr entsinnt euch natürlich an meine beste Freundin Leah? Wahrscheinlich entsinnt ihr euch auch an ihren Vater, Matthew Turner, und dass Leahs Mutter auf dem Parkplatz vom Walmart getötet wurde. Ihr wisst, wie sehr ich Leah geliebt habe, sie war für mich immer wie eine Schwester. Als ihre Mom starb, habe ich versucht, Leah aufzumuntern und ihr beizustehen. Ihr Vater Matthew war vollkommen verzweifelt, er war so unglücklich, das kann man gar nicht in Worte fassen. Deshalb hattet ihr auch nichts dagegen, dass ich in der ersten Zeit nach Lindsays Tod ganz oft bei Leah übernachtet habe, sie hat sich oft in meinen Armen in den Schlaf geweint. Aber es war niemand da, der Matthew getröstet hat, ich habe ihn nachts weinen gehört. Und so bin ich eines Nachts, als Leah schon fest schlief, zu ihm ins Bett gekrochen und habe ihn genauso getröstet wie Leah.
Ich weiß nicht, wie es passiert ist, aber es ist passiert. Wir haben uns ineinander verliebt. Matthew ist der Mann meines Lebens, sobald ich achtzehn bin, werden wir heiraten. Matthew ist mein Schicksal. Wir sind füreinander geschaffen, alles, was war, war nur dazu bestimmt, dass wir beide zueinander finden,

und nichts und niemand kann uns auseinanderbringen.

Auch nicht meine beste Freundin Leah. Am letzten Schultag hatte Leah noch etwas in der Bibliothek zu erledigen. Ich bin direkt nach der Schule zu Matthew gegangen, denn es war geplant, dass wir uns eine Weile nicht sehen, weil er mit Leah während der Sommerferien nach Europa fahren wollte. Wir liebten uns ein letztes Mal für lange Zeit – und plötzlich stand Leah in der Tür. Sie schrie und wollte weglaufen. Ich bin aufgesprungen und habe versucht, sie festzuhalten. Sie hat sich losgerissen, da habe ich das Nächstbeste gefasst, was ich finden konnte, und habe ihr eine Büste von Goethe hinterhergeworfen. Die hat sie leider am Kopf getroffen.

Leah ist hingefallen und mit dem Kopf auf eine Ecke des Couchtisches gestürzt. Danach blieb sie reglos liegen. Mom, Dad, ich wollte sie nicht umbringen, es war ein Unfall, das schwöre ich hoch und heilig. Ihr wisst, wie sehr ich Leah geliebt habe. Wir wussten überhaupt nicht, was wir tun sollten. Matthew hat festgestellt, dass Leah nicht mehr atmete. Wir haben dann überlegt, die Polizei zu rufen. Aber wie sollten wir erklären, wieso an Leahs Kopf eine Goethe-Büste zerschellt ist?

Matthew hat mir versprochen, dass er nicht zulassen wird, dass ich ins Gefängnis gehe. Wir mussten also Leahs Körper irgendwohin schaffen, wo ihn niemand finden wird. Also haben wir Leah in eine Plane ge-

wickelt und mit Steinen beschwert und in Matthews Kofferraum gepackt. Während wir noch dabei waren, hat Matthew einen genialen Plan entwickelt: Da Leah und ich uns ähnlich sahen, hat er vorgeschlagen, dass ich als seine Tochter mit ihm nach Europa fliege, und dort würde er dann versuchen, als Vater einer Tochter eine neue Existenz aufzubauen. Er hat mich nach Hause geschickt, und wir haben uns am nächsten Morgen an der Bushaltestelle verabredet, um wegzufliegen.

Dann hat Matthew seine Tochter auf sein Boot gebracht, das in einem Bootshaus in Birdshill am Willamette River lag. Er ist flussaufwärts zum Columbia River gefahren, wo er Leahs Leiche in der Höhe von Columbia City in den Fluss geworfen hat.

Liebe Eltern, der letzte Abend zu Hause war entsetzlich. Es war ein ganz normaler Abend wie Tausende davor, Dad hat Chicken Wings auf den Grill geworfen, ich habe Mom dabei geholfen, Salat zu machen. Es ist mir schwergefallen, nicht zu heulen, zu wissen, es ist das letzte Mal, dass du diese Schublade aufmachst, es ist das letzte Mal, dass deine Mutter dir hinterherruft: Nimm das Salatbesteck mit!

Am liebsten hätte ich euch alles gebeichtet. Aber wie soll man seinen Eltern beibringen, dass man die große Liebe seines Lebens getroffen hat und mit ihm für den Rest seines Lebens zusammen sein wird, nur leider nicht zu Hause in Oregon, weil man gerade seine beste Freundin getötet hat.

Wir haben es geschafft. Bis wir in Amsterdam landeten, haben wir gezittert, ob alles herauskommen würde. Wir haben eure Suche nach mir natürlich im Internet verfolgt. Wie gern hätte ich euch angerufen und gesagt: Macht euch keine Sorgen, mir geht es gut. Wir sind zur Erholung erst mal an die Costa Brava in Spanien geflogen. Es hat Wochen gedauert, bis wir aufgehört haben, uns zu ängstigen. Danach war Rom dran. Rom ist wunderschön, wir waren im Kolosseum, ich wollte, ihr hättet dabei sein können. Danach ging es nach Paris. Montmartre, Champs-Élysées, der Eiffelturm. Dann haben wir einen Ausflug nach Disneyland gemacht. Dort haben wir Ela und Sarah kennengelernt.

Ich weiß nicht, ob Matthew bereits am ersten Tag die Idee hatte. Wir hatten uns vorher überlegt, dass wir eine gute Begründung haben müssten, warum Matthew und Leah nicht zurück nach Oregon kommen würden. Außerdem brauchten wir eine Aufenthaltserlaubnis für Europa, und wir brauchten Geld zum Leben. Ich muss heiraten, hat Matthew gesagt. Ich fand das nicht so witzig, aber Matthew hat mir versichert, dass er mich immer lieben wird, und sobald ich achtzehn bin und Abitur gemacht habe, wird er sich sofort scheiden lassen, und wir werden dann zusammen irgendwo in Europa in Ruhe leben können. Was sind schon vier Jahre in einem ganzen Leben.

Ela und Sarah boten uns genau das, was Matthew sich vorgestellt hatte. Ela ist geschieden und hat eine

Firma, in der sie Tag und Nacht arbeitet. Ihre Tochter Sarah ist noch ein Kind, aber lustig, ich mag sie, sie war genau die kleine Schwester, die ich mir immer gewünscht hatte. Matthew hat sich mächtig ins Zeug gelegt, um Ela und Sarah einzufangen. Drei Monate nach unserem Kennenlernen haben Matthew und Ela geheiratet.
Und so leben wir jetzt hier in Berlin-Zehlendorf in einer schönen, alten Villa. Ich gehe auf eine amerikanische Schule, der Tag, an dem ich mein Abi in der Tasche habe und wir von hier verschwinden können, naht. Langsam habe ich auch keine Angst mehr, dass meine Tat entdeckt wird.
Liebe Eltern, ich habe euch in Gedanken so oft einen Brief geschrieben, um euch um Verzeihung zu bitten. Ich denke jede Nacht an euch. Wahrscheinlich werde ich auch diesen Brief nie abschicken.
Ich liebe euch sehr.
Emily

„Oh Gott", sagt Frau Dr. Donath, als ich geendet habe. „Wie fühlen Sie sich dabei?"

„Beschissen, was wollen Sie sonst hören? Ich war für Matthew und Emily nur eine gute Tarnung."

„Der Mann war absolut skrupellos", stellt meine Psychotherapeutin fest. „Und Sie haben wirklich davon nichts gemerkt?"

„Beide waren offensichtlich sehr gute Schauspieler. Ich nehme an, dass der frühe Tod seiner Frau Matthew völlig aus der Bahn geworfen hat“, sage ich. „Und es war natürlich eine gute Möglichkeit für ihn, immer mit der kleinen Lolita zusammen zu sein. Eine Entführung light sozusagen. Sie schliefen in einem Hotelzimmer, Vater und Tochter. Emily muss ihn um den Verstand gebracht haben, anders kann ich mir das nicht erklären.“

„Und er Emily.“

„Genau. Und nachdem er Blut geleckt hatte, hat er sich meine Sarah vorgenommen. Sie ist auch nicht ganz das kleine Unschuldslamm.“

„Haben Sie diese Version den Mitchells erzählt – oder der Polizei?“, fragt Frau Dr. Donath.

„Um Gottes willen, es ist schon schwer genug für Abi und John. Und es hilft, die gesamte Trauer und Wut auf einen einzigen Menschen zu richten, vor allem, wenn dieser Mensch tot ist. Ich würde niemals auf den Gedanken kommen, Emilys Unschuld öffentlich anzuzweifeln. Nein, ich habe die Eltern in dem guten Glauben gelassen, dass Matthew an allem schuld war.“

„Aber Sarah kann doch wieder sprechen. Haben Sie mit ihr darüber geredet?“

„Nein. Ich bin froh, dass sie an die Ereignisse vor ihrem Unfall keinerlei Erinnerung mehr hat.“

„Auch nicht an den Brief, den sie Ihnen geschrieben hat?“

„Nein, es ist, als hätte sie Leah und Matthew ganz aus ihrem Gedächtnis verbannt. Und das ist auch gut so. Denn sonst müsste sie damit leben, dass sie den Tod von zwei Menschen auf dem Gewissen hat.“

„Wie bitte?“, fragt Frau Dr. Donath entsetzt.

„Sie haben richtig gehört. Am Anfang, als Sarah noch nicht reden konnte, sollte sie Bilder malen. Ich habe sie immer wieder gefragt, ob sie malen könne, was ihr passiert ist. Sarah hat immer wieder, mehrmals, einen Mann am Steuer gemalt und ein Mädchen, das ins Steuer fasst. Wie gesagt, sie kann sich daran nicht erinnern, aber sie hat mir diese Szene mehrmals aufgemalt. Ich denke, sie wollte Matthew stoppen, damit die Polizei ihn festnehmen kann. Vielleicht wollte sie aber auch mit ihm sterben, so à la Romeo und Julia."

„Und was ist, wenn die Erinnerung wiederkommt?"

„Ich werde ihr einreden, dass sie das geträumt hat, als sie im Koma lag. Sobald irgendeine Erinnerung hochgekommen ist, habe ich ihr gebetsmühlenartig gesagt, das seien die bösen Träume, von denen mir die Ärzte berichtet haben."

„Aber was ist denn nun die Version, die Sie Ihrer Tochter erzählt haben? Sie wird doch gefragt haben: Was ist mit mir passiert?"

„Ich habe ihr gesagt, dass sie mit ihrem Stiefvater einen Unfall gehabt hat, bei dem ihr Stiefvater ums Leben gekommen ist. Punkt aus Ende. Und sollte sie irgendwann Erinnerungen an die Zeit mit den beiden oder an die Entführung von Leah haben, werde ich ebenso lügen. Mein kleines Mädchen soll nicht mit Schuldgefühlen leben müssen."

„Ihnen reichen Ihre eigenen Schuldgefühle?", stellt Frau Dr. Donath fest.

„Ich bin ja auch an all dem schuld", sage ich. „Vor allem dadurch, dass ich nicht verstanden habe, was im Leben wirklich zählt. Dadurch habe ich die Menschen, die ich liebe, ins Unglück gestürzt."

Frau Dr. Donath schweigt. So viel also zur Absolution.

„Chris soll auch nie erfahren, was wirklich passiert ist."

„Und was ist, wenn Ihre Tochter irgendwann mal den großen Herrn Google über die Ereignisse befragt?"

„Dann wird sie dort genau das lesen, was Sie gelesen haben. Dafür habe ich gesorgt. Sie wissen doch, ich bin PR-Frau. Lügen ist mein Geschäft."

Liebe Leserin, lieber Leser
(oder heißt das jetzt Lesende?),

vielen Dank, dass Sie bis hierher durchgehalten haben. Ich hoffe, dass Sie atemlos der Geschichte von Ela und ihrer Familie gefolgt sind und ich Ihnen einige spannende und damit entspannende Stunden bereiten konnte. Denn das ist es, wofür ich schreibe.

Die gesamte Geschichte ist Fiktion. Nur die Locations, wie beispielsweise die „Geistervilla" in Berlin-Zehlendorf, existieren wirklich. Ich entschuldige mich hiermit ausdrücklich bei der Berliner Verwaltung, dass ich auf ihr skandalöses Versagen noch ein Tötungsdelikt obendrauf gesetzt habe.

Eigentlich wollte ich die ganze Geschichte in Berlin spielen lassen – in Oregon habe ich mit einer anderen Geschichte im Hinterkopf recherchiert.

Am Neahkahnie Viewpoint habe ich einen Blumenstrauß und ein cyklamfarbenes Schild auf einem dieser grauen Steinblöcke gefunden. Darauf stand: *Michelle Casey, we love you.*

Die zweiundzwanzigjährige Studentin der Kinesiologie an der State University in Corvallis ist an dem Viewpoint gestorben, ein paar Tage, bevor ich dort die atemberaubende Aussicht genießen durfte. Sie war mit ihrem Freund an ihrem Lieblingsplatz unterwegs gewesen. Bei einem Selfie ist sie ausgerutscht und über hundert Fuß den steilen Abhang hinuntergefallen. Sie blieb bewusstlos an einer der Schierlingstannen hängen, was verhinderte, dass sie in den Pazifik stürzte. Die Nehalem Bay Fire and Rescue hat sie befreit und mit dem Hubschrauber nach Portland ins Emanuel Hospital gebracht. Dort starb Michelle Casey an ihren schweren Verletzungen. Deshalb habe ich diesen Roman Michelle Casey gewidmet.

Bevor ich es vergesse: Ich muss mich bei allen PR-Managern dieser Welt entschuldigen. Ich wollte diesmal den Rechercheaufwand im Rahmen halten, deshalb habe ich meiner Protagonistin den Beruf verpasst, den ich mehr als mein halbes Leben lang mit Leib und Seele ausgeübt habe. Aber ich schwöre hoch und heilig: Ich habe dabei nicht ein einziges Mal lügen müssen.

Wenn Ihnen der Roman gefallen hat, freue ich mich auf eine Rezension bei Amazon. Wenn nicht, würde ich mich freuen, wenn Sie mir in einer Mail an

info@nikalubitsch.de

den Grund dafür mitteilen. Nur so kann ich besser werden.

Wenn Sie sehen wollen, wie es in meinem täglichen Leben aussieht, dann treffen Sie mich hier:

www.facebook.com/NikaLubitsch

Und wenn Sie auf keinen Fall wieder eine Neuerscheinung oder einen Deal verpassen wollen, dann würde ich mich freuen, wenn Sie sich auf meiner Website

www.nikalubitsch.de

zu meinem Newsletter anmelden. Zur Anmeldung direkt geht es hier:

nikalubitsch.de/newsletteranmeldung

Auf ein baldiges Wiederlesen!
Ihre Nika Lubitsch

15 Jahre – Psychothriller

Wenn die Liebe deines Lebens zur tödlichen Gefahr wird

Als Andreas nach fünfzehn Jahren glücklicher Ehe spurlos verschwindet, erkennt Nicole, dass sie ihren Mann gar nicht richtig kannte. Bei der Suche nach Andreas entdeckt sie Geheimnisse, die besser im Verborgenen geblieben wären. Dabei stolpert sie in Abgründe, die sie sich in ihren schlimmsten Albträumen nicht hätte vorstellen können. Bis eines Tages die Polizei vor ihrer Tür steht und sie um eine DNA-Probe bittet.

Der 7. Tag

„Der 7. Tag“ ist ein hinterhältiger Kriminalroman mit unerwartetem Ausgang. Sybille und Michael sind ein glückliches Paar, jetzt endlich erwarten sie ein Baby. Da verschwindet Michael spurlos. Sybille befindet sich mitten in einem Albtraum, aus dem es kein Erwachen gibt. Als ihr Mann erstochen aufgefunden wird, gibt es nur eine Verdächtige: seine Ehefrau. Die Anklage lautet auf Mord. Während Sybille vor Gericht den Ausführungen der Zeugen zuhört, zieht ihr gemeinsames Leben an ihr vorbei. Am siebenten Prozesstag erkennt Sybille plötzlich die Wahrheit. Sie muss sie nur noch beweisen.

Das Buch stand monatelang auf Platz 1 der Kindle-Bestsellerliste und ist in viele Sprachen übersetzt worden. Oliver Berben hat das Buch für das ZDF mit Stefanie Stappenbeck, Marcus Mittermeier, Steve Windolf, Henning Baum und Josefine Preuß verfilmt. Regie: Roland Suso Richter. Mehr als sechs Millionen Zuschauer sahen die Erstausstrahlung im ZDF als Fernsehfilm der Woche am 23. Oktober 2017.

Das 5. Gebot

Die Engländerin Vicky findet beim Joggen im Berliner Grunewald eine Leiche, die aussieht wie eine Zwillingsschwester. Als ihre Mutter in England getötet wird und Vicky mit viel Glück einen Mordversuch überlebt, ahnt sie, dass es ein dunkles Familiengeheimnis geben muss. Die Suche nach der Wahrheit führt Vicky quer durch Europa und weit zurück in die Vergangenheit. Es beginnt ein Wettlauf mit dem Tod.

Auch der zweite Roman von Nika Lubitsch konnte wieder Platz 1 der Kindle-Bestsellerliste erreichen.

Das 2. Gesicht – Thriller

Nach einer überstürzten Hochzeit folgt Julia dem weltberühmten Thrillerautor George Osterman nach Amerika und findet sich unversehens mutterseelenallein in seinem luxuriösen Anwesen in Florida wieder – George zieht es vor, seine Thriller an einem geheimen Ort zu schreiben. Doch dann tauchen in den Everglades Leichenteile auf, deren Verstümmelungen Julia erschreckend an Georges Bücher erinnern. Wer ist der Mann, den sie geheiratet hat und der sich jetzt vor ihr in seinem Strandhaus versteckt? Gemeinsam mit ihrer Freundin begibt sie sich auf die Suche nach dem wahren Ich ihres Mannes. Sie werden in einen tödlichen Strudel von Ereignissen gerissen, zu denen George Osterman das Drehbuch schrieb.

Der 1. Mann

Lara und Oliver sind ein glückliches Paar – bis zu dem Tag, an dem der Arzt Lara eine niederschmetternde Diagnose stellt. Statt ihr in den dunkelsten Stunden beizustehen, wendet sich Oliver von Lara ab. Im Krankenhaus lernt Lara Simone kennen. Auch sie wurde von ihrem Mann im Stich gelassen. Die beiden Frauen schmieden einen perfiden Plan. Doch dann kommt alles ganz anders, und Lara findet sich im Zusammenhang mit drei Morden vor Gericht wieder …

Mord im 4. Haus

Bestialische Morde in einem Berliner Vorort: Eine ganze Familie sollte ausgelöscht werden, nur Jonas, der geistig behinderte Sohn, überlebt schwer verletzt das Massaker. Für die Justiz scheint der Fall abgeschlossen, der Nachbar wurde dafür lebenslänglich ins Gefängnis geschickt. Für dessen Frau ist die Gerichtsreporterin Sybille Thalheim die letzte Hoffnung. Sybille, die einst selbst unschuldig im Gefängnis saß, beginnt zu recherchieren und stößt dabei auf entsetzliche Zusammenhänge, die selbst die hartgesottene Reporterin tief erschüttern. Sie kommt einem Thema auf die Spur, das bis heute in den Medien totgeschwiegen wird.

Als sie mit ihren Recherchen skrupellose Mitglieder eines international agierenden Syndikats aufschreckt, findet sie sich zusammen mit Jonas, dem überlebenden Sohn, gefesselt auf dem Boden eines DHL-Transporters wieder …

Ein Wiedersehen mit Sybille Thalheim, der Heldin aus „Der 7. Tag“. Auch diese Krimi ist von der Produktionsgesellschaft *moovie* von Oliver Berben optioniert worden.

Mord auf Seite 3

Als die Leiche der kleinen Zoe als Engel drapiert in einem Berliner Wald gefunden wird, soll die Journalistin Jessica ihre Geschichte für die Seite 3 schreiben. Kurz darauf erschüttert ein weiterer Mord die Öffentlichkeit – und diesmal ist Jessica direkt betroffen. Ihre geliebte Tante Angela, eine berühmte Krimiautorin, wurde in ihrem Landhaus erdrosselt, offensichtlich das Werk eines in Brandenburg fieberhaft gesuchten Frauenmörders. Jessica erbt nicht nur das Landhaus, sondern erfährt hier auch mit Schrecken von der dunklen Seite ihrer Verwandtschaft. Noch ahnt sie nicht, dass sie mit ihren Recherchen nicht nur einem Serienmörder zu nahe kommt.

Der 6. Geburtstag

Bei einem Ausflug in die White Mountains hat Joleen einen schweren Autounfall und fällt ins Koma. Ihre vierjährigen Zwillinge schweben ebenfalls in Lebensgefahr. Als wäre das nicht schon schlimm genug, will der Staatsanwalt Joleen des versuchten Mordes an ihren Kindern anklagen. Ihr Mann Robert glaubt nicht an Joleens Schuld, auch wenn viele Indizien gegen sie sprechen. Während Robert um das finanzielle Überleben der Familie kämpft, macht er eine dramatische Entdeckung. Sollte Joleen sterben, weil jemand ein entsetzliches Verbrechen zu verbergen sucht? Robert stürzt sich in die verzweifelte Suche nach der Wahrheit. Kann er seine Frau vor lebenslanger Haft bewahren und den Schleier von einem düsteren Geheimnis in ihrer Vergangenheit reißen?

Die 12. Nacht

Nicole und Sarah wollen ihre Weihnachtsferien auf einem einsam gelegenen Hof im Thüringer Wald verbringen. Nach einem heftigen Schneesturm ist der Hof von der Außenwelt abgeschnitten. Die Frauen vertreiben sich die Zeit mit alten Märchen und Thüringer Sagen. Aber es sind nicht nur die gruseligen Geschichten von den zwölf Raunächten, die sie zunehmend beängstigen, sondern vor allem die unheimlichen Geräusche, die sie Nacht für Nacht aus dem Schlaf reißen. Als tagsüber wie aus dem Nichts unbekannte Spuren im Haus auftauchen, steigert sich ihre Angst bald zur Panik: Gibt es einen nächtlichen Besucher? In der zwölften Nacht wird aus den alten Mythen blutiger Ernst.

Im 8. Kreis der Hölle

Daniela ist acht Jahre alt, als ihre große Schwester Franzi in einer Sommernacht spurlos verschwindet. Die Polizei geht von einem Tötungsdelikt aus, doch Franziskas Leiche wird nie gefunden. Daniela fühlt sich mitschuldig am Zerbrechen ihrer Familie, denn seit jener Sommernacht hütet sie ein Geheimnis. Zwanzig Jahre später erkennt Daniela die totgeglaubte Schwester auf einem kanadischen Zirkusplakat. Die Suche nach Franzi führt Daniela zurück in die Vergangenheit, sie gerät in einen Strudel aus Verbrechen und Verrat, der sie in den Abgrund zu reißen droht. Statt in den Armen ihrer geliebten Schwester landet sie unter Mordverdacht vor einem Haftrichter in Montreal.

Deck 9 – Tod auf dem Atlantik

Eine mörderische Kreuzfahrt mit Sybille Thalheim, der Heldin aus Nika Lubitschs internationalem Bestseller „Der 7. Tag".

Einst stand Sybille Thalheim wegen eines Mordes, an den sie keine Erinnerung hatte, vor Gericht. Jetzt unternimmt sie als Reporterin für das Magazin Cosmos eine Transatlantikkreuzfahrt, um über Verbrechen auf hoher See zu berichten. Ausgerechnet Sybille wird zwischen Rio und Rom Zeugin, wie eine junge Frau in Panik vor einem Mann flieht, der behauptet, ihr Ehemann zu sein. Sybille hilft der jungen Frau, die ihr Gedächtnis verloren hat, was sie bald bereut. Als ihr angeblicher Ehemann ermordet aufgefunden wird, gibt es nur eine Verdächtige: die Frau, die er Nina nannte. Sybille ahnt nicht, dass sie sich auf ein lebensgefährliches Spiel mit übermächtigen Gegnern einlässt. Als auch Nina niedergestochen wird, ist es bereits zu spät, um auszusteigen. Denn Sybille ist der Wahrheit lebensgefährlich nah gekommen.

Haus Nummer 13

„Machen Sie das Haus nicht unglücklich, sonst wird es Sie unglücklich machen."

Die alte Villa mit der Hausnummer 13 ist Claudias Traumhaus. Kurz nachdem sie und ihr Mann es gekauft und mit den Renovierungsarbeiten begonnen haben, erhalten sie einen sonderbaren Brief. Ein anonymer Schreiber warnt die neuen Besitzer davor, etwas an dem Haus zu verändern, andernfalls würde sich das Haus rächen und ihre Familie zerstören. Anfangs hält Claudia das für eine harmlose Spinnerei, doch es folgen weitere Briefe, die vermeintlich auch ihre Kinder bedrohen und wie Gift in das Leben der Familie tröpfeln. Die Details, die der Schreiber kennt, werden immer persönlicher und die Drohungen immer schlimmer. Als eine Leiche im Keller gefunden wird, hat Claudias Traumhaus sich vollends in einen Albtraum verwandelt.

Bella, 14

Sie waren das vierblättrige Kleeblatt: Bella, Jana, Funny und Alessa. Bis die vierzehnjährige Bella eines Tages von einem gemeinsamen Badeausflug nicht zurückkehrte.

Zwanzig Jahre später: Alessa hat als Richterin den Vorsitz bei einem Prozess gegen einen Starfotografen. Der Prozess führt sie in die Welt junger Mädchen, die von einer Modelkarriere träumen. Aber nicht nur die Zeuginnen in Alessas Gerichtssaal waren bereit, dafür alles zu geben. Bei der Beweisaufnahme fallen Alessa immer mehr Ereignisse ihrer eigenen Jugend ein. Könnte es sein, dass sie dem Angeklagten schon einmal begegnet ist? Und was hat das mit dem Mord an ihrer Freundin Bella zu tun? Lang Verdrängtes stürzt Alessa in einen Gewissenskonflikt. Als Richterin weiß sie nur zu gut, wie trügerisch Erinnerungen sein können. Deshalb begibt sie sich auf die Suche nach ihren alten Freundinnen und kommt dabei dem Abgrund viel zu nah.

10 Stunden Ewigkeit

Von der Jägerin zur Gejagten – dem Bösen zu nah

Christine Morten, tagsüber treu sorgende Professorengattin und Mutter, macht nachts als „chrissie_10" im Internet Jagd auf Serienkiller. Im ganzen Land bekannt ist ihre im Netz veröffentlichte Liste von Verbrechen, die mithilfe von Online-Annoncen begangen wurden. Eines Nachts bringt der Mord an einer Studentin Chrissie auf die Spur des „Ivy-League-Rippers“ – und sie beschleicht ein schrecklicher Verdacht. Als kurz darauf das FBI ihr Haus stürmt, versucht Chrissie ihren Sohn in Sicherheit zu bringen. Das erweist sich als fataler Fehler. Für Chrissie beginnen zehn Stunden Ewigkeit.

11 Stufen

Als Erstes gab der Atlantik ihren roten Anorak frei

Lea flieht aus ihrer kaputten Ehe nach Irland. Im Galway County findet die erfolgreiche Krimiautorin ein Ferienhäuschen und sehr schnell Anschluss an die deutsche Vermieterin Karin und ihre Tochter Anne. Anfangs glaubt Lea, endlich Frieden zu finden, sie verliebt sich sogar in den attraktiven Landarzt Sean. Doch die Postkartenidylle trügt. Als eine Frau verschwindet, gerät Sean unter Mordverdacht. Lea beginnt mit eigenen Ermittlungen, die sie bald in Lebensgefahr bringen. Nachdem sie einen Unfall mit viel Glück überlebt, wird Lea aus dem Krankenhaus entführt. Wer hat ein Interesse an ihrem Tod?

**Blue Light Berlin-Krimi –
in Zusammenarbeit mit dem Ex-Bullen
Michael Hellmann**

Band 1: … und aus bist du

Als die Hauptkommissare Claudia Westermann und Robert W. Robinson in eine Neuköllner Hinterhofwohnung gerufen werden, ahnen sie nicht, dass der Fall zu einer großen Herausforderung für die Berliner Mordkommission werden und sogar ihr Leben für immer verändern wird. Ein Familienstreit wurde von dem erwachsenen Sohn Denis mit dem Messer beendet. Sein Stiefvater stirbt im Rettungswagen, seine Mutter wird schwer verletzt ins Krankenhaus gebracht. Denis gelingt die Flucht, bevor die Polizei eintrifft. Von Céline, der zehnjährigen Tochter des Opfers, fehlt jede Spur.

Für Denis scheinen in dieser schwülen Freitagnacht alle Albträume wahr zu werden, er befürchtet, dass seine kleine Schwester entführt wurde. Obwohl nach ihm gefahndet wird, bittet er die Ermittler der Berliner Mordkommission um Hilfe. Doch nicht nur die Berliner Polizei, auch Célines Freunde machen sich auf die Suche – ohne zu ahnen, dass sie dadurch einem Kindermörder gefährlich nahe kommen.

Band 2: Der Tod trägt Schwarz

Toter Priester in St. Elisabeth. Pater Ludger wurde mit einem Kruzifix erschlagen. Viele Spuren und noch mehr mögliche Motive weisen in Richtung Wedding. Die Mordkommission unter Leitung von Claudia Westermann steht unter Druck: Presse und Inspektionsleiter drängen auf Ergebnisse. Da kommt die schnelle Verhaftung eines Verdächtigen gerade recht. Doch während die Ermittler in ihrer Stammkneipe Blue Light den Erfolg feiern, wird der Küster der englischsprachigen Mission mit einer Machete grausam niedergemetzelt.

Band 3: Denn ich habe dich erlöst

Ein Obdachloser rennt mit einem abgeschlagenen Frauenkopf schreiend in eine U-Bahn-Station. Die Berliner Mordkommission steht vor einem Rätsel. Wer ist die Tote, und warum wurde sie so grausam geköpft? Wo ist ihr kopfloser Körper geblieben? Der Mörder lässt den Kommissaren nicht viel Zeit. Bereits am nächsten Tag schlägt er erneut zu und präsentiert einen weiteren Frauenkopf in einem Schöneberger Park.

Während die Ermittler fieberhaft nach Gemeinsamkeiten zwischen den Opfern suchen, machen auch jugendliche Skater einen grausigen Fund. Und der Mörder hat bereits ein viertes Opfer im Visier. Doch noch ahnt niemand, dass Claudias ehemaliger Partner „Double-u“ und die pensionierte Leichenspürhündin Agathe dem Serienkiller bereits begegnet sind …

Krimi-Reihe Kudamm 216:
Erbsünde

Die arbeitslose Journalistin Judith, Generation Praktikum, bekommt einen Recherchejob bei der alten Krimiautorin Alice von Kaldenberg, genannt Lady Kaa, am Kudamm 216. Dass sie bereits bei ihrem ersten Interview Opfer eines Verbrechens wird, stand nicht in ihrem Arbeitsvertrag. Zusammen mit ihren Kollegen soll sie die Hintergründe des Mordes an einem Berliner Schönheitschirurgen aufklären. Dabei wird schnell klar: Der Professor war kein Chorknabe und seine Familie hat so manch dunkles Geheimnis, das weit in die Vergangenheit führt und nicht nur Judith in Lebensgefahr bringt.

Sommernachtsmord

Und noch ein heikler Auftrag für „Lady Kaa“ und ihr Team vom Kudamm 216: In Berlin Wannsee werden zwei Leichen gefunden. Die Ermordeten hatten sich 1968 während einer Klassenfahrt abgesetzt, angeblich in das Heiratsparadies Gretna Green. Seitdem fehlte von ihnen jede Spur. Jetzt steht Konstantin von Kaldenberg unter Mordverdacht, denn die Ermordeten waren seine Geliebte und sein bester Freund. Kaldenberg gerät in Panik und bittet seine Exfrau, die Krimiautorin Alice, um Hilfe. Die Suche nach dem wahren Täter führt Alice und ihre Mitarbeiter nicht nur zurück in den „Sommer der Liebe“, sondern auch in eine geheimnisvolle und lebensgefährliche Welt aus Tausendundeinem Albtraum.

Erpresst

Panik am Kudamm 216: Alice von Kaldenberg, genannt Lady Kaa, ist spurlos verschwunden. Und das ausgerechnet während der Frankfurter Buchmesse, auf der ihr neuester Krimi vorgestellt werden sollte. Steht ihr Verschwinden in Zusammenhang mit dem Mord an Filmmogul Hermann Wiesenhagen, der Alice kurz zuvor in einer mysteriösen

Angelegenheit um Hilfe gebeten hat? Als auch noch ein Schriftstellerkollege, mit dem sie in einer Talkshow über wahre Kriminalfälle diskutiert hat, tot in seinem Hotelzimmer aufgefunden wird, steht Alice plötzlich unter Mordverdacht. Der dritte Fall aus der Reihe Kudamm 216 stellt das Team und Exmann Konny vor große Herausforderungen. Werden sie Lady Kaa retten können?

Blogbuch
Snowbirds – Mein Winter in Florida

Welcome to Paradise: Millionen Menschen träumen davon, den Winter in Florida zu verbringen. „Später mal", das versprach sich auch Nika Lubitsch jedes Mal, wenn sie aus dem Urlaub zurückkehrte. Jetzt hat sie ihren Traum vom Überwintern im Sunshine State wahr gemacht und festgestellt, dass dort nicht nur Orangen blühen, sondern auch Zitronen wachsen. In ihrer unverwechselbar schnodderigen Art hat die Berliner Bestsellerautorin ihre Erlebnisse gebloggt, in der Nachschau kommentiert und mit Tipps für Snowbirds versehen. Herausgekommen ist ein erfrischend anderer Führer durch den floridianischen Winter: Florida für Fortgeschrittene.

Social Fiction-Thriller
Alligator Valley – Krokodile weinen nicht

Ein 13-Jähriger wird in einem Krankenhaus in Berlin gekidnappt. Im Golf von Mexiko wird ein Casinoschiff entführt. Beide Verbrechen haben das gleiche Ziel: Die Operation von alten Menschen soll erzwungen werden.

»Alligator Valley – Krokodile weinen nicht« führt den Leser ausgehend von den sechziger Jahren des vorigen Jahrhunderts in das Jahr 2053, dessen Realität uns näher ist, als wir denken. Nach einem Cyber-Krieg ist die Welt aus den Fugen geraten. Damit die Jungen genug zum Leben haben, werden Menschen über 75 Jahren nicht mehr ärztlich betreut. Alte, die es sich leisten können, kaufen sich in die Alligatorenstaaten ein. Diese Altenrepubliken sind nach dem Alligator benannt, der doppelt so alt wird wie jedes andere Krokodil.

Der 13-jährige Urs und seine Familie in Berlin sowie die TV-Frau Alice und ihre Freunde im »Alligator Valley« sind die Helden dieses Social-Fiction-Thrillers. Als durch einen rätselhaften Zwischenfall alle Satellitenverbindungen rund um den Globus zusammenbrechen, steht die Welt vor dem Kollaps, auf den sie seit Jahren hintaumelt. Nur in den Alligatorenstaaten haben die Menschen damit kein Problem, denn die Alten haben die Technik und das Know-how von gestern. Ausgerechnet die ausgemusterten Alten könnten jetzt die Jungen retten. Aber wollen sie es auch?

Kurzgeschichten
Strandglut – 27 Short(s) Stories

Eine Weltreise für die Badetasche: Besuchen Sie eine mörderische Familie auf einer Südstaatenfarm oder Istanbul mit einem Berliner Gemüsehändler, stimmen Sie ein in den New York City Blues oder bangen Sie mit der Braut in Las Vegas. Besuchen Sie das Everl auf der Alm oder fliegen Sie mit einer Klatschreporterin in die aufgehende Sonne. Verlieren Sie Ihr Herz in Disney World und erleben Sie einen Sonnenuntergang in Acapulco. Die Daheimgebliebenen finden den Mörder von Adele und das Geheimnis des Brühwürfels, Sie gehen auf einen nächtlichen Raubzug in Berlin und zeigen einem Callboy, wie Mann es richtig macht. 27 hinterhältige Short Stories, mal romantisch, mal spannend, aber immer mit einem überraschenden Ende. Coole Geschichten für heiße Tage.

Printed in Great Britain
by Amazon

46551178R00149